句文集

落し水

Otoshi-mizu

萩原昇風

Hagiwara Shofu

文學の森

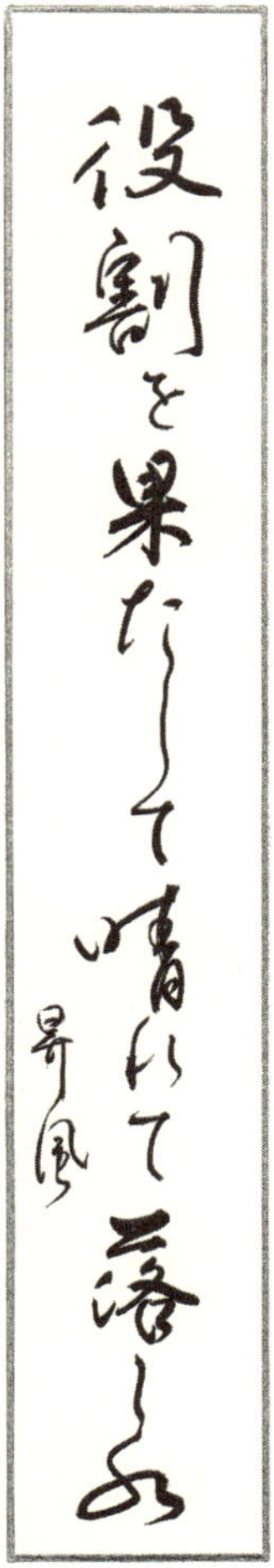

役割を果たして晴れて落し水
（書・小林輝華）

序

戦国・江戸の世は人生五十歳であった。まさに夢幻。信長四十八歳、芭蕉五十一歳、良寛七十三歳。今は高齢化社会。高齢化への新たな取り組みがなければならない。生涯教育は必定である。

居合道範士八段の昇風さんは、六十代の坂をのぼりつめる段階で俳句にめぐりあった。さいたま文学館で入門講座受講、「塔の会」創設入会。俳誌「浮野」への入会は平成二十五（二〇一三）年。かくて、平成二十八年に古希になるのを記念し、句文集を出すことになる。『落し水』とは落合水尾にかなう句集名である。しかも、早いばかりではない技の練達ぶりに感心する。

ひまはりになれと言はれて五十年

学習・熟達の度合いは、昇風さんの文章を読めばわかることである。自然と会得する。敬服する。

役割を果たして晴れて落し水

この句集名になった句を見ても、叙情には気負うばかりではない、品のよさ、やわらかさを感じる。

その他の句では特に、

野遊びを六十路の策と決めにけり
しがらみを断ちて飛躍の四月かな
夏木立かな女の句碑を抱きをり

千年をくぐりてひらく古代蓮
白萩は泪のごとく咲きにけり
轟音のなき編隊や鳥渡る
石垣は海の日溜り石蕗の花
凍滝の金輪際を研ぎ澄ます

等の作品に惹かれた。

つくづく日々是好日。覚悟の日々。「学問や見聞は芸域を広め、品位は芸格を高める」はよく見聞するところであるが、要は人格と香気を風雅の誠に尽くすものでありたい。

観照一気の道に光域を拡充する活躍を祈念し、序とする。期待充分である。

平成二十八年二月二十三日

「浮野」主宰　落合水尾

まえがき

平成二十四（二〇一二）年五月十八日〜六月十五日に亘って、さいたま文学館主催の俳句入門講座（全五回）が開催され、約五倍の応募者の中から当選するという幸運に恵まれた。これが私の本格的な俳句との出会いであり、講師を務められた落合水尾先生との出会いであった。

五回の講義では俳句の基本を教えて頂いたが、どれほどを吸収できたかは甚だ心許ない。しかし、講義の中で見聞きした水尾先生の生き様には大きな感動と感銘を受け、その後の人生に大いなる励みを頂いた。講義終了後は受講生の有志が集い、水尾先生に講師を快諾して頂き「塔の会」を結成し、毎月第三金曜日に楽しい句会を開いて今日に至っている。水尾先生を通じ、気が置けない大勢の同志にも恵まれた。

私は今年の八月に古希を迎える。古希の記念に何かしようと考えたとき、落合水尾先生との出会い、俳句との出会い、「塔の会」の仲間との出会いを形にしようと思いついた。俳句を習い始めて三年、まだまだ緒に就いたばかりではあるが、古希の記念に「七十」句以上を選び、創作時を振り返ってみようと考えた。

句集のタイトルは、「塔の会」の句会で水尾先生にお褒め頂いた、

役 割 を 果 た し て 晴 れ て 落 し 水

から『落し水』にしようと思い付いた。そして二、三日後ふと気が付いた。『落し水』には落合水尾先生の名前の二字が入っている。この発見に先ず吃驚した。そして、「縁があったのだ」と不思議な偶然を幸運と思う反面、「水尾先生の許可を得なければならない」と思い、水尾先生に相談すると、笑みと共に快諾が得られた。

誕生日の八月十三日に因み選んだ八十三句は、春夏秋冬に分類して掲載した。「春」の

章では水尾先生に学んだ俳句について概説し、自解を添える形にした。

初心者の俳句、初心者の解説で汗顔の至りではあるが、私の尊敬するリンカーンの言葉を借りれば、「初心者の、初心者による、初心者のための俳句入門書」として、初心者の皆様に少しでも勇気を与えられたら幸いである。そして、先生方には忌憚のないご指摘・ご指導など賜れれば幸甚である。

水尾先生にご指導頂いている「観照一気」の俳句にはほど遠いのが現状であるが、一歩でも近づくべく試行錯誤を続けている。あるいは的外れのアプローチかも知れないが、その一端を付録一に示した。

問題を顕在化すれば、ご指導も具体的に頂き易いと考えた次第である。

句文集　落し水◇目次

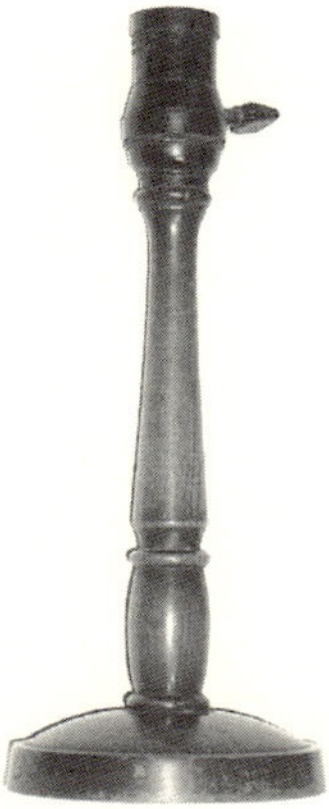

夏（五月〜七月）

秋（八月〜十月）

冬（十一月〜一月）

題簽　小林輝華
装丁　巖谷純介

句文集

落し水

春

（二月〜四月）

淡《あわ》雪《ゆき》や一《いち》夜《や》泊《ど》まりの白《しら》拍《びょう》子《し》

さいたま文学館主催の俳句入門講座（全五回）が平成二十四年五月十八日～六月十五日に開催され、約五倍の競争率の中、当選する幸運に恵まれた。これが、落合水尾先生と、また本格的な俳句との出会いであった。水尾先生は「俳句は人生の光になる」「感動は心の花である」と俳句を通して、豊かな人生のあり方、素晴らしさを教えて下さった。

俳句の姿は「観照一気」であるとも示され、「十分間対象を見つめよ」と勧められた。十分間見ることが人生に新たな可能性を見出し、豊かにしてくれるということだ。自然と一体となるまで見るのが観照ならば、一体となって響いたものを、連想と想像を逞しくして言葉に置き換えることが創造であり、その結果が俳句なのかも知れない。

淡雪は積もらず直ぐに溶けてしまう弱いイメージがある。白拍子は源義経の愛した静御前である。白の連想から、美しくも儚い景を淡雪と白拍子で表現を試みた。

（「塔の会」平成二十五年二月二十一日）

蕗《ふき》の薹《とう》内《うち》から地《ち》球《きゅう》つつくなり

水尾先生は「俳句は人生の光になる」との教えに関し、人生を豊かにする為のカ・キ・ク・ケ・コを教えて下さった。カは感動、キは興味、クは工夫、ケは健康、コは恋である。そして、感動表現のポイントはア・イ・サ・ツとも示された。アは「ああ」という感動、イは命を感じる表現、サは爽やかな表現、ツは続けること、である。

蕗は、雪の残っている野辺や庭隅に卵形で淡緑色の花芽を出す。これが蕗の薹である。蕗の薹はほろ苦く風味があり、蕗味噌や天麩羅にしたり焼いたりして食べる。ほろ苦い味が春を告げるとも言われる。雪間の落ち葉を押し上げて、ちょこんと顔をだす蕗の薹を見つけると嬉しくて、春の訪れを感ずる。すっきりとした表現を試みた。

（「塔の会」平成二十五年二月二十一日）

天神《てんじん》も梅《うめ》も見《み》守《まも》る絵《え》馬《ま》たわわ

水尾先生は、如何に俳句を詠むか？　ということに対して四つの楽しみを示された。①作る楽しみ、②人の句を読む楽しみ、③吟行の楽しみ、④座（句会等）の楽しみ、である。①は、創造なので若干の苦しみは伴うが、知的な喜びを感じることができる。②は句の美しさ、素晴らしさを発見する楽しみがある。③は音を聞き、皮膚等全感覚を通して自然と一体となれる楽しさがある。④はみんな平等でよりよい句を求めて創造的になれる楽しみがある。

この天神は湯島天満宮であり吟行で訪れた。東京（江戸）の代表的な天満宮であり、学問の神様として菅原道真公が祀られている。この為受験シーズンには多数の受験生が合格祈願に訪れ、希望校などを記した絵馬が多数奉納される。指定された絵馬の奉納場所では、絵馬の上にまた絵馬を重ねることが繰り返され、たわわに実った絵馬状態になっている。

（所沢市民新聞「市民俳壇」平成二十六年三月二十一日）

赤《あか》んぼの貰《もら》ひ泣《な》きする猫《ねこ》の恋《こい》

水尾先生は俳句入門講座で、俳句を作るときのポイントを十個挙げられた。①省略を極める、②具象を心がける、③切れ字を活かす、④季語の昇華に努める、⑤深い思いを簡明に表現する、⑥発見により新しい叙情を得る、⑦余韻余情の深い句を求める、⑧「今しかない」「ここしかない」「我しかない」を大事にして詠む、⑨瞬間を詠む、⑩一季語一切れ字。

身近で可愛い猫も、発情期には迷惑な存在となることもある。真夜中の怪しげな鳴き声は、飼い主の安眠を妨害すると共に近所迷惑にもなる。猫自身にしても、どうにもならないらしい。ロマンチックな恋の響きとは裏腹な切ない気持ちも理解できる。一方、それとは真逆で、純真無垢な人間の赤ん坊の泣き声が、何故か猫の鳴き声に似ているのも興味深い。声を出す以外に言語を知らないもの同士の、不思議な生命の営みを詠んだ。

（「浮野」平成二十六年四月号）

湯《ゆ》の町《まち》や夕《ゆう》茜《あかね》さす雪《ゆき》柳《やなぎ》

水尾先生が有言実行されていることの一つは「出会いの尊さ。その一瞬の中に見出す感動の真実。それを淡くくっきりと表現できるように、爽やかに生きる」ことだ。「そのためには、心のゆとりが持てる生活の樹立が必要であり、忙しさをらくらくと乗り越えて、爽やかに一生懸命生きる中から、よい句は生まれて来る」とも言う。そして「心の遊びができる暇は、作ろうと思えば作れるものだ」と話して下さった。

枝いっぱいに小さな白い花を咲かせる雪柳。春の季語。花言葉は「静かな思い」など。枝を埋め尽くす、沢山の花を咲かせながらのしとやかな印象に由来する。温泉地に立ち上る白くやわらかな湯気は夕方が似合う。茜色の光に映える雪柳も楚々として艶めき、旅情をなぐさめる。「ゆ」の音で形を整えてみた。

（「塔の会」平成二十八年二月十九日）

広《ひろ》がりはアメーバのごと野《の》焼《やき》かな

水尾先生は、「過去の経験を思い出して作句するのも大事」と示された。

子供の頃、自宅近くを流れる川幅一〇メートルほどの雉子野川（通称・きじの）の土手で野焼き（「野火」と言っていた）の遊びをした。マッチで火を点けると、予想外な動きで広がっていく。土手の枯草はそれほど背丈は大きくなく、橙色の炎はあまり目立たないが、燃えた後は炭化して黒く、鮮明にわかる。黒くなった部分を見れば火がどのように延焼していくかが判る。それは、アメーバのようであった。

地味ながら着実に広がる勢いに一瞬たじろぎ、上着を脱いで消そうとしたことを懐かしく思い出す。消火の手立てとして他に何も用意していなかったからだ。

（「浮野」平成二十八年四月号）

鶴翼《かくよく》の攻《せ》め風《かぜ》を呼《よ》ぶ野《の》焼《やき》かな

水尾先生は「写生はじっと観ることである。わかりやすく表現することである。感動の微光を描写することは楽しい」と話された。そして「勢いを抑えたしみじみとした表現には力がある。おおらかさ、やさしさ、なつかしさ、あたらしさ、あたたかさ……等々、心の赴くところに個性的な感動の花は結実する」とも付け加えられた。

野火の遊びを懐かしく思い出しながらテレビ中継される野焼きを観照していると、野焼き対象区域を取り囲むようにして、火を点ける担当者が配置され（あるいは移動して）ていることを発見した。それは、戦国時代の陣形「鶴翼の陣」のようであった。私の尊敬する徳川家康が三方ケ原で武田軍に惨敗するが、この時家康が取った陣形が鶴翼の陣形であった。鶴が両翼を開いたような陣形が、野焼きの火付け役の行動に似ていると思ったのだ。火が燃えると自然に風が発生する様子も入れた。

「塔の会」で水尾先生は取って下さったが、専門用語的な「鶴翼」は使わない方がよかったと思う。

（「塔の会」平成二十八年二月十九日）

渡《わた》し舟《ぶね》櫓《ろ》も嬉々《きき》となる水《みず》の春《はる》

吟行の楽しみは、五感で自然と一体になれることだ。特に音や匂いといったものは心の世界と繋がりやすく、昔の風景が一瞬の内に蘇ったり、自分の姿が見えたりもする。そして、自分が何を感じ何に感動しているのか、気付かせてもくれる。それを上手く言葉で捉えれば俳句になるのかも知れない。「観照一気」を理解するための試行錯誤は続く。

二月に俳句の仲間五人で赤岩渡船《あかいわとせん》を吟行した。赤岩渡船は、埼玉県熊谷市葛和田と群馬県邑楽郡千代田町赤岩の利根川の対岸同士を結ぶ渡船である。埼玉県道・群馬県道八十三号熊谷館林線の代替渡船であり、県道扱いになっているので運賃は無料である。赤岩渡船について、埼玉県側の人は「葛和田の渡し」といい、群馬県側の人は「赤岩の渡し」と呼んでいる。

エンジンで動く「千代田丸」に乗りながら、昔利根川で櫓舟で遊んだ頃のことを思い出し、この句を詠んだ。

（「浮野」平成二十七年四月号）

潔《いさぎよ》く土《つち》に消《き》ゆるや春《はる》の雪《ゆき》

観照が自然と一体になることであるならば、俳句の創造は目で見たもの、耳で聞いたものから、自分の記憶や価値観などとも連想し、想像することから生まれるとも言えよう。水尾先生は、「季語を通して、それを素直に諷詠したい。素直さと自然さを大事にしたい。そして、表現は作者の笑顔でありたい」とおっしゃっている。

季語「春の雪」は春になってから降る雪のことである。冬の雪とは違って解けやすく、降るそばから消えて積もることがないような雪で、「淡雪」ともいい、どこか晴れやかな感じがする雪である。冬の雪が日陰にいつまでも残って寒さと憂鬱感を漂わせるのとは対照的である。そんな思いで雪の降るのを見ていると、着地した瞬間に溶けていく潔さは、俎板の鯉や武士の生き様に似て好感の持てるものであった。

（「浮野」平成二十七年四月号）

微《かす》かなる夢《ゆめ》の足《あし》音《おと》春《はる》の雪《ゆき》

水尾先生がよい句とする条件は「ひらく・ひびく句」という。これを分かり易く言い換えると「気が徹っていて、淡くてくっきりとした叙情が感じられる句。優しさと懐かしさを詩情豊かに感得させる深みのある句」となる。

春になってから降る雪は、解けやすく降りながら消えていく。積もることがない雪で淡雪ともいう。降るそばから消えていく淡雪は、夢のはかなさでもある。しかし、春には希望があり晴れやかさがある。

しんしんと降る雪の「しんしん」の中に、僅かではあるが、はっきりと夢の手ごたえを感じた。春の希望を詠んでみた。

（一畦集／「浮野」平成二十八年二月号）

かたくりの花《はな》の楽園《らくえん》われ立《た》てり

芭蕉の有名な句〈古池や蛙飛び込む水の音〉は、蛙が水に飛び込む音から先ず「蛙飛び込む水の音」の中七と下五ができ、その後に上五の「古池や」ができたとのことだ。したがって、「ポチャンッ」という音から想像を逞しくして出来た俳句とも言える。

かたくりの花の可憐さに魅せられ、それが群生しているという神奈川県相模原市にある「城山かたくりの里」へは以前から行きたいと思っているが、タイミングが合わず実現していない。従って個別なかたくりの花は見ているが、群生している姿は見ていないし、その中に自分の身を置いたこともない。そこで、インターネットの中継映像や図鑑を参考に、かたくりの花の群生地に我が身を立たせてみた。

（「塔の会」平成二十五年三月十五日）

寝《ね》転《ころ》んで睨《にら》めっこする春《はる》の雲《くも》

「観照一気」「十分間よく見よ」との教えを実践していると、いろいろなことが見えてくる。慌ただしく時間に追われて、見ても見えていないものがあったことに気付く。

春の麗らかな日ざしの中に身を置くと全てが眩しく、心が晴れ晴れとする。少し行儀が悪いかも知れないが、公園のベンチに寝そべるのもよい。私は子供の頃に遊んだ利根川の土手に、大の字になって空を見上げていた頃を思い浮かべる。「鰐淵晴子の『ノンんちゃん雲に乗る』という映画があったなあ……」などと今は朧な記憶を辿りながら雲を見ていると、雲は微妙に表情を変えながら流れていく。そして、雲の変化に応じ、自分も無意識のうちに顔を変化させていることに気付いた。それは、丁度雲と睨めっこしているように思えた。

（「浮野」平成二十六年五月号）

野《の》遊《あそ》びを六十路《むそじ》の策《さく》と決《き》めにけり

水尾先生の最初の師匠は長谷川かな女先生であり、水尾先生自慢の先生である。かな女先生は「俳句はマルを描いて、それに少し立体感をつけて、自身はその影にそっというるように表現するとよい」と教えになったそうだ。

六十路は定年である。勿論、定年の実質的な延長が図られ、徐々に長くなる傾向にある。しかし、誰もが第二の人生を如何に生きようかと真剣に考えるときである。楽しく豊かな人生を送るには、何といっても健康が大事である。そのためには適度の運動を行うことが大切であり、手っ取り早い方法は「歩くこと」である。それも、草花を見、川の流れを眺めながらの野遊びは一挙両得のように思える。

現役時代は仕事や他の人のために時間を使い、時間に追われていたが、今後は自分自身のために自分の時間を使いたいものだと、強く意識した。

（「浮野」平成二十六年五月号）

木蓮《もくれん》の蕾《つぼみ》はすっと北《きた》に立《た》つ

「観照」の意味を広辞苑で調べると、①智慧をもって事物の実相をとらえること。②対象を、主観を交えずに冷静にみつめること。③自然・芸術を問わず、美的対象の受容における直観的認識の側面。とある。観照による音や視覚から、心の世界から何か新しいものが出てくればそれは発見であり、感動となる。

散歩中に、春を告げる花「モクレン」を見ていて気付いたことがあった。蕾が決まって北に向かっているように思えたのだ。家に帰って調べると、モクレンは方向指標植物と呼ばれ、蕾は全て北を指して傾いているのだそうだ。ハイカーや登山家の間では、方位磁石代わりとしてよく知られているそうだ。

普段は何気なく見ている花も、よく観察してみると思いがけない発見がある。水尾先生の「十分間観照せよ！」の教えが改めて思い出された。

（「浮野」平成二十七年五月号）

大《おお》きめの制服《せいふく》着《き》せて園《えん》うらら

水尾先生は、虚子の言葉「俳句は日常の詩である」「日常の存問が即ち俳句である」を引用し、「季語や切れ字を特徴として持つ有季定型の日本の伝統文芸である」と述べられた。そして、「俳句は人生の真実の感動（心の花）を詠む文芸であり、俳句は会得の文芸でもある」とし、写生と諷詠の大切さを強調された。

子供の成長は早い。幼稚園に入園したときには丁度よくても直ぐに小さくなってしまうため、少し大きめの制服を購入する。したがって、新しく入園する園児の制服はみな大きめである。親と子の希望も大きく、夢もいっぱいあろう。

桜は満開で風もなく絶好の入園式日和。孫の幼稚園入園を祝して詠んだ。

（所沢市民新聞「市民俳壇」平成二十五年五月十七日）

菜《な》の花《はな》は太陽《たいよう》の色《いろ》土手《どて》の色《いろ》

水尾先生は、深見けん二氏の「写生は眼で見、心で捉え、肌で感じて、腹で詠うものである」を引用して俳句創作のポイントを教えて下さった。「腹で詠う」とは、観照一気の「一気」に繋がるものと考えられる。深見けん二氏は、高校時代より高浜虚子に師事した福島県出身の俳人である。

子供の頃に「菜の花は菜種油を採るために栽培されている」と教えられたが、今は切花用や食用に栽培されることが多いようである。しかし、栽培されている菜の花畑は、今はあまり見かけなくなった。よく見かけるのは、土手や湖畔あるいは野原などに野生した菜の花である。利根川の土手が一面に菜の花で埋め尽くされている。

黄色は温もりを感じさせる色で、夏の向日葵をも連想させ、まさに太陽を思わせる。そんな景を詠んでみた。

（「浮野」平成二十六年六月号）

しがらみを断《た》ちて飛躍《ひやく》の四月《しがつ》かな

水尾先生は、俳句入門講座の最終回（五回目）に、「俳句に本気で取り組んで欲しい。本気でやれば上達する。上達の近道があるとすれば句会に出ることだろう」と、熱心に取り組む、夢中になることの大切さを教えて下さった。これは、俳句に限らずどんなことにも通じる。また「続けることが人生であり、続けることで道はひらけて、希望になる」と加えられた。

四月は、進学、就職、転勤等と人生の新たなスタートを切るときである。学生から社会人となって、大きな生活の変化を強いられる人もいる。転勤により新たな生活を構築していかなければならない人もいる。しかし、新たな環境の変化が今までの腐れ縁を断ち切ってくれる場合もある。また、新たな環境に我が身をおいて、自分自身とのしがらみを絶って、心機一転飛躍に向かって頑張れる好機でもある。そんな気持ちを詠ってみた。

（「浮野」平成二十七年六月号）

揚《あげ》雲雀《ひばり》宇宙《うちゅう》まるごと独《ひと》り占《じ》め

水尾先生は最終講義で「続けることで道はひらけ、希望に繋がる」と述べられた。そして「自分という存在はいつも未熟である。だから、努力するところに生きがいがある」「ある日、ある時、努力の成果はあらわれる」と明言された。そして、「感動と表現が一つになるよう徹底に努めたい」と推敲の重要性を説かれた。

子供のころ、母と利根川の川原を開墾して小麦やさつま芋等を栽培した。小麦畑には毎年のように雲雀が枯草や根で皿形の巣を作り、五～六羽の雛を孵していた。春の野に空高く朗らかに「ピーチュル」と囀る雲雀ではあるが、自分の巣へ降りるときは外敵に巣の場所を知られないように、巣から離れた所にいったん着地し、地表を歩いて巣に戻っていた。その姿に感心すると共に愛おしさも倍増した（本書五一頁参照）。

地表からみる雲雀は、宇宙を独り占めしているようにのびのびと見えた。

（「浮野」平成二十七年六月号）

夏

（五月〜七月）

薫《くん》風《ぷう》や鳥《とり》居《い》に技《わざ》の楔《くさび》あり

私は、居合道の修行を昭和五十九年一月十二日から始めた。その居合道の春季全国大会は毎年五月三日～五日の三日間、京都の平安神宮の近くで開催され、毎年参加している。最寄駅は地下鉄東西線の東山駅であり、そこから白川沿いを歩き、平安神宮の大鳥居を潜って会場に行く。水尾先生は「俳句を作るとき、十分間は対象を観照しなさい」と指導して下さった。そこで、前日、流鏑馬の下見に行った下鴨神社の鳥居をじっと見ていると、普段は見逃している構造物に気が付いた。二本の柱と、それを水平に通す「貫」との間に「楔」が対になっていることに気付いたのである。

楔は木等の接合部の緩みを無くす為に打ち込む杭みたいなもので、傾斜がついていて、打ち込むことにより締まるものである。両方から対で打ち込んであると、基本的にどんな揺れに対しても緩まない。その技術、「技」の素晴らしさを発見してこの句を詠んだ。しかし、平安神宮の大鳥居には楔が見当らない。不思議に思い尋ねると「鉄筋コンクリート製のため、楔は不要」なのだそうだ。（「浮野」平成二十五年七月号）

夏木立《なつこだち》かな女《じょ》の句碑《くひ》を抱《いだ》きをり

平成二十五年五月十七日の「塔の会」の吟行は、埼玉県・浦和にある長谷川かな女住居跡〜調神社《つきのみや》（別名・調宮《つきのみや》）。長谷川かな女は、落合水尾先生が最初に師事した俳句の先生で、調神社にはかな女先生の句碑〈生涯の影ある秋の天地かな〉がある。その句碑を囲んでの水尾先生の俳句講話は、生涯に残る楽しいものだった。

それは映画の一シーンのようで、私は夢中でシャッターを切っていたが、心はかな女先生の句碑に寄り添い抱くようにして「出来の悪い孫弟子ですが、よろしくお願い致します」と挨拶していた。

調神社から少し離れた別所沼公園には、かな女先生の句碑〈曼珠沙華あつまり丘をうかせけり〉がある。かな女先生は水尾先生に「『うかしけり』と『うかせけり』と、どちらがいいと思いますか？」と尋ねたそうだ。水尾先生が「『うかせけり』の方が、曼珠沙華の生命力が鮮やかに浮かぶと思います」と答えたことから、句碑のように決まったという師弟のエピソードがある。

（「塔の会」平成二十五年五月十七日）

市《いち》松《まつ》に輝《かがや》く水面《みなも》田植《たう》ゑ前《まえ》

京都への新幹線から見た田園風景である。田植えを前に田圃に水が引かれていて、直ぐにでも田植えができそうな田は水が一面に張られ、鏡のように光っている。まだ耕運機が入っていない田は土で黒っぽく見える。電車の窓からの田圃風景は、あたかも市松模様のように見えた。

昔は緑肥作物としてれんげ草が栽培され車窓に華やぎを添えていたが、今は殆ど見ることができなくなっている。他にも見られなくなったものは何?「手植えによる田植え」。今は機械化されているが、昔は手植えだった。田圃の両端に力持ちの男の人が縄（二本）の端を持って力一杯に張り、苗を植えるガイドラインを示す。その二列の縄に沿って人海戦術で苗を植える。田植えが終わると、今度は田の草取りだ。人間が四つん這いになって、両手で稲の苗の周りの雑草を取り除く。

等々と懐かしい昔の田園風景を思い出しながら創作した。

（「浮野」平成二十六年七月号）

万緑《ばんりょく》を描《えが》きとらんと六義園《りくぎえん》

透明水彩画教室の最初の写生に、東京都文京区駒込にある六義園に行った。六義園は元禄の頃の老中・柳沢吉保の別邸として造られた回遊式庭園であり、初夏には緑が美しい。構造物が少ないため構図が難しく、緑の濃淡から遠近感などを表現しなければならない。

最も難しいのが色彩の再現、イメージを色彩に置き換えることが難しい。もがけばもがくほどイメージから遠のいていくように思える。未熟な画力が恨めしくなる。水彩画を描くのも俳句を創るのも似ているようだ。写生の結果はペン画にイメージとして再現される。次の彩色は、俳句ではイメージの言語化に相当する。ここで俳句ならば原形ができる。推敲は言語の調整による最適化であるが、水彩画の場合は彩色の最適化でイメージに近づき、完成度が上がるのが一般的である。いろいろな濃淡の緑に翻弄されながらも、何とか画面に取り込もうとの思いを詠んだ。

（「浮野」平成二十六年七月号）

若《わか》葉《ば》下《した》五《ご》百《ひゃく》羅《ら》漢《かん》のよきお顔《かお》

五月三日〜五日の三日間は、全日本居合道連盟の全国大会への参加のため京都に詰める。今までは五日の大会が終わるとその日の内に帰宅するのが常だったが、近年は関西方面の有志と懇親会を行うのが定例化し、五日も京都に宿泊している。この結果、六日は帰宅するだけなので、少なくとも半日は観光ができる。そこで、外国人観光客にも人気スポットとなっている伏見稲荷大社を訪れた。

革靴で千本鳥居や稲荷山を散策したあと、少し歩いて京都市伏見区にある石峰寺《せきほうじ》を訪れた。山号が百丈山《ひゃくじょうざん》という裏山は竹林となっており、そこには五百羅漢がそこはかとなく置かれている。

仏教で供養尊敬を受けるに値する五百人の人々ということであるが、深山にこもってひたすらに修行に励むその姿には、粗末な衣服を身にまとってはいても、様々な超能力を得て仙境で楽しむ風貌があった。

（「浮野」平成二十七年七月号）

さくらんぼ箱《はこ》入《い》り娘《むすめ》双子《ふたご》なり

さくらんぼ、または桜桃《おうとう》というが、木を桜桃、果実をさくらんぼと呼び分ける場合もある。生産者は桜桃と呼ぶことが多く、商品化され店頭に並んだものはさくらんぼと呼ばれる。

さくらんぼといえば、山形産の高級品種である「佐藤錦」が有名だ。酸味と甘みのバランスが実に素晴らしい。健やかで艶やかなさくらんぼは、赤い宝石といってよいだろう。初夏の宝石箱を開けて優しく取り上げると、さくらんぼは二個が繋がっている。まさに箱入り娘の双子だ。

本場山形の初夏の味わいに、舌鼓を打ちながら詠んだ。

（「塔の会」平成二十五年六月二十一日）

目《め》高《だか》目《め》高《だか》鯉《こい》になること夢《ゆめ》の夢《ゆめ》

　昔は何処にでもいた目高であるが、今では少なくなって貴重な魚である。その目高が泳いでいると、ついつい応援したくなってしまう。この句は〈目高目高目高夢見よ鯉になれ〉として「浮野」に投稿した。「浮野」誌にはこのように添削されて掲載された。水尾先生は俳句講座のときに「事実の認識も大事だが、より大切なことは真実の追究である」と説かれた。添削された「鯉になること夢の夢」を見て、自身の浅学菲才を思い知らされた。

（「浮野」平成二十五年八月号）

　この句は、当時「浮野」の編集長であった河野邦子先生（昭和十年一月四日〜平成二十八年三月六日）に「平成二十五年度浮野集作品抄五十句選」として初めて選んで頂いた句である。水尾先生の絶大なる信頼を得ていた河野先生に、一度だけご挨拶させて頂いたことがある。この本も是非ご覧頂いてご指導を励みとしたかったが、誠に残念である。謹んでご冥福を祈ります。河野先生には「ひまはり」など六句ほど選んで頂いた。合掌。

イグアスの滝《たき》に邪心《じゃしん》は消《き》えにけり

平成二十五年十月十五日〜二十四日「南米・三つの絶景をめぐる十日間」の旅に、妻と連れ立って出かけた。

ペルーの高地都市クスコ、天空都市マチュピチュ、ナスカの地上絵等を楽しんだ後にイグアスの滝を見た。初めにブラジル側から眺め、午後はオプションの「イグアスの滝ボートツアー」に参加し、水上から滝を楽しんだ。翌日はアルゼンチン側から眺めた。

壮大なイグアスの滝、その水飛沫を浴びながら、自分の心が洗われるような気がした。アルゼンチン側から滝を観ていると妻の肩に蝶が止まり、肩から胸、そして手へと移動してしばらく離れなかった。なんともいえない懐かしい気がした。

「妻の心はきっときれいなんだろうな」と思うと嬉しくなったことを、今も鮮明に覚えている。

（「浮野」平成二十六年八月号）

刈《か》れば直《す》ぐ集《あつ》まる鳥《とり》や麦《むぎ》の秋《あき》

自宅近くの散歩コースに小麦畑があり、収穫期を迎えた。小型の麦刈り機を操作する農夫の後を小鳥たちが着いていく。刈り取られたことで慌てて出てくる虫などを餌にするためである。普段は人が近づくと逃げる筈の鳥たちが、至近距離を自ら着いていく姿がなんとも微笑ましく、この句を詠んだ。

（「浮野」平成二十七年八月号）

本書四〇頁の「揚雲雀」で述べたように、小麦畑には特別な思いがある。毎年、雲雀が小麦畑に巣を作り雛を孵していたからだ。

ある年、可愛さのあまり雛を持ち帰り家で育てた。鳥籠を買い一生懸命育てた。可愛く囀るようになり、近所の人も楽しませた。しかし、一羽が死に、次に一羽と続き、遂に一羽だけになってしまった。家族で相談し、外に逃がすことにした。外に離した瞬間、皆が同時に「あっ！」と叫んだ。「餌を獲れるのか？」と心配したのだ。しばらくすると雲雀が帰ってきた。捕まえようとしたが再び飛び去った。挨拶に来たのか！　後悔の念にかられ、「二度と雛は持ち帰らない」と誓った。

ゆらゆらと蛍《ほたる》の飛《と》んで行《い》く夕《ゆう》べ

我が家の外食といえば鮨の「銚子丸」、焼き肉等の専門店、ファミリーレストランなどが普通であるが、「たまには家族揃ってホテルで食事を」と、椿山荘（※）の「蛍の夕べ」に参加した。幻想的な蛍の光も、家族で感想を言い合う雰囲気も、とても贅沢な気がして満足した。この句に対し、水尾先生は一茶の句を紹介して下さった。

大蛍ゆらりゆらりと通りけり　一茶

（「文芸埼玉」第九十四号／平成二十七年十二月二十五日）

※椿山荘……東京都文京区関口二丁目の小高い丘に建つ宴会施設。江戸時代は久留里藩黒田氏の下屋敷だったが、明治の元勲・山縣有朋が西南戦争の功により得た年金で明治十一年に購入し、自分の屋敷として「椿山荘」と命名した。

戦《せん》艦《かん》に機《き》能《のう》美《び》ありて薔《ば》薇《ら》に棘《とげ》

平成二十七年三月十三日、「米マイクロソフト共同創業者のポール・アレン氏が、太平洋戦争中に沈没した旧日本海軍の戦艦『武蔵』を、フィリピン沖の海底で発見した」というニュースが、日本中を駆け巡った。

戦争には反対だが、子供の頃から戦艦大和や武蔵には特別な憧れを持っていた。今考えると、その憧れは機能美に対するものであったような気がする。悲惨な戦いを展開する戦艦が、そのミッション故に機能美を呈することは皮肉なことである。

「美しい薔薇には棘がある」の諺とは若干ニュアンスは異なるが、敢えて対比して詠んでみた。

（一畦集／「浮野」平成二十八年五月号）

股《また》越《ご》しの天《あまの》橋《はし》立《だて》夏《なつ》木《こ》立《だち》

兼題は「橋」、季語ではない。自然諷詠に、如何に人生諷詠を盛り込むか悩む。そして、はたと水尾先生の教えを思い出す。

「説明的叙述の多いごてごてとした句、判りすぎて味のないうすっぺらな句、知的な判断を押しつけて捻じ伏せようとするがむしゃらな句、等は避け、言葉を控えた描写の優しさの感じられる句にはふくらみがあり、想像を楽しませるものがあります」

そこで昔、修学旅行で行った天橋立と、その股のぞきを懐かしく思い出して作句を試みた。工学研究者の習性で、常に何かに挑戦しなければ気が済まない。今回の挑戦は、私にとって「股」は使いたくない字の一つである。しかし、これを使うことにより艶めかしさを演出できるかも知れない。楚々として美しく表現できれば成功と思い挑戦した。

（一畦集／「浮野」平成二十八年五月号）

万《ばん》緑《りよく》や息《いき》深《ふか》く吸《す》ふ風《かぜ》の道《みち》

緑の美しいところを歩いていると、森林浴よろしく身も心も洗われるような気がして、思わず深呼吸してしまう。緑に吸い込まれていくように散策を続けていると、少し体が汗ばんでくる。

そんな体を労わるように、優しい風が頬をかすめる。そして、自分の歩いてきた道は風の通り道でもあったのだと気付く。自然との共生に豊かな思いを持った時の気持ちを詠った。

そして、このような気になったのは俳句を始めてからだと気付く。水尾先生の「自分という存在はいつも未熟である」との教えを思い出す。さらに、「努力するところに生きがいがある」とのことばに励まされ、素直に幸せを感じた。

（「浮野」平成二十七年八月号）

千《せん》年《ねん》をくぐりてひらく古《こ》代《だい》蓮《はす》

俳句を始めて世界が広がった。今まで気が付かなかったことに気付き、見ても見えなかったものが見えるようになったからである。また、話題にのぼればそれを見に行こうと積極的になったからである。

行田の古代蓮もその一例である。今まで話では聞いており写真も見てはいるが、実物は見ていなかった。

そこで、妻と連れ立ち行田の古代蓮を観に行って、感動した。千年の時の中で浄化されたかのような可憐な美しさに見とれてしまった。清流とはいえない、どちらかといえば泥水の中から咲いているのも対照的で、その景を何とか句にしたかった。

（「浮野」平成二十五年九月号）

山鉾《やまぼこ》のぐるりとまはる炎天下《えんてんか》

平成二十六年七月、学会研究会の後に祇園祭を見学しようと四泊五日で京都を訪れた。最初の二泊は長男と、次の二泊は妻と共にし、学会の用事以外は長男や妻と一緒に京都を楽しんだ。祇園祭は八坂神社の祭礼で、七月に一ケ月にわたって行われる長い祭だ。クライマックスは十七日の山鉾巡行であり、十四日は宵々々山、十五日は宵々山、十六日は宵山と山鉾行事が続く。宵山は前夜祭の意味である。

山鉾巡行では、町会毎にある山鉾二十数基が一斉に列をなして京都市内を巡行する。歩道は一目見ようとの観客で溢れかえる。真夏の炎天下、巡行は四時間ほど続く。直進しかできない山鉾は、車輪に障害物を差し込んで方向を微調整する。

圧巻は辻での九十度方向転換だ。先ず交差点の中央に割いた竹を敷き詰め水を撒く。その上に山鉾の車輪を載せ、竹の上を滑らせて強引に方向転換する。三回ほどで直角に回る。方向転換を終えると、観客からは拍手喝采が起こる。

（「塔の会」平成二十六年七月十八日）

ひまはりになれと言《い》はれて五十年《ごじゅうねん》

母（ゲン）は四十四歳で早逝した。

私が高校を卒業した昭和四十年七月六日の夕方、脳溢血で倒れ息を引き取るまで、僅か四時間足らずであった。朝元気に見送ってくれた母が、その夕べにはこの世の人ではなかったのである。心に空いた大きなものを埋めるのは、時間の経過以外に何もなかった。

働き過ぎて体を壊し、自分が病弱となっても家族の健康を心配し、常に明るく振舞った母。赤貧なのに万一に備え蓄えを心掛け、夢に向かって努力する大切さを教えてくれた母。親孝行したいのに、親孝行の真似事もさせずに逝ってしまった、子不幸な母。等々、母の生き様から教えられることは多い。

この句は、実際に母が私に言った言葉ではないが、母ならきっとこのようなことを言ったに違いないと、自らに言い聞かせてきた言葉である。

（「浮野」平成二十六年九月号）

日《ひ》傘《がさ》行《い》く地《ち》に八《はっ》角《かく》の影《かげ》しるし

ある日、駅の階段の上から、日傘を差して歩いていく婦人を見た。日傘の影が八角形になっているのを確認した。普段、前方を歩く日傘は二～三面しか見えず、「この日傘は六角形なのか八角形なのか判断に迷う」が、上からみると日傘も影も八角形なのであった。と、これで終わっては自解は不十分であろう。本音を明かしていないからだ。

水尾先生は「表現にはいささかの恥じらいもあろう」と看破している。日傘は女性の象徴であり、男性の憧れの的なのである。八角は、日本武道館の八角形の屋根であり、武道を表している。影は作者自身である。武道を好む作者が、影に代わって憧れの女性と一緒に行きたい、との切ない思いをこの句に込めているのである。

（所沢市民新聞「市民俳壇」平成二十七年八月二十一日）

炎《えん》天《てん》や我《われ》にくひこむ影《かげ》法《ぼう》師《し》

この句は最初〈炎天に我が影法師竦みけり〉と詠んだ。真夏の昼下がり、太陽は頭上に輝き、ともかく暑い。炎天下に出かけるのに消極的になるのは極自然。「竦む」は、恐れなどのために身がちぢんで動かない様子をいう。ここで竦んでいるのは影法師でなく、我本人である。太陽が真上にあれば、影法師は殆ど重なり小さくなる。我が動いて身体の位置が変われば、影法師は微妙に変化する。太陽の位置と影法師の関係に焦点を当て、我の強がりを表現できたと思った。

しかし、竦んでいるだけでは諷詠が不十分ではないか、季語をもっと強調できないかと推敲し、〈炎天や我に隠れる影法師〉としてみた。ここでも「隠れる」と「竦む」ではどちらがいいか悩み、もっと明確に強調すべきと考え本句の諷詠となった。

推敲の結果が良くなったのか悪くなったのか、迷うところである（本書一二二頁「推敲について」参照）。

（「浮野」平成二十七年九月号）

一枚《いちまい》の葉《は》に身《み》を置《お》きぬ雨蛙《あまがえる》

梅雨の頃、蝸牛は葉っぱの上で精一杯に背伸びをし、ナメクジになってしまうのではないかと心配したことがある。雨蛙は、そぼ降る雨に枝葉が揺れながらも上手く葉っぱに身を置いて、雨を楽しんでいるようだ。

人間だけが雨を嫌っているのではないかと反省し、雨を楽しむために良い傘を買おうと決意し、東京自由が丘の洋傘専門店「Cool Magic SHU'S」に行き、金色の二十四本骨の最高級洋傘を購入した。

その傘を差して、蝸牛や雨蛙と一緒に雨を楽しみながら詠んだ句である。

（「文芸埼玉」第九十四号／平成二十七年十二月二十五日）

浦《うら》波《なみ》は僅《わず》かに白《しろ》し夜《よる》の秋《あき》

浦波は浦に立つ波であり、浦は海辺や水際のことである。

昔、職場の旅行で千葉県大網白里市の白里海岸に行った。白里海岸は九十九里浜のほぼ中央に位置する海岸線で、ハマヒルガオやコアジサシなどの動植物が多く生息している。また、ウミガメが産卵に訪れるなど自然が豊かなところだ。南北におよそ三キロメートルも広がる砂浜には、潮騒の音が満ちている。海にはサーフィンやカイトサーフィンを楽しむ人が見られ、夏には多くの海水浴客が訪れる。

しかし、当時はそれを愛でる風流もなく、民宿で麻雀に終始し、気分転換にと夜の浜辺を散歩するくらいであった。それでも、寄せては返すさざ波の音に癒され、細かく崩れた波が僅かに光る様が印象に残った。

（「塔の会」平成二十六年八月二十日）

秋

（八月〜十月）

終戦日《しゅうせんび》知《し》るは四《よ》人《にん》に一人《ひとり》とか

「昭和二十年八月十五日以前に生まれた人の数が、全体の二十五％以下となった」旨の新聞記事を読んで、終戦日や戦争体験を風化させないためにも、定量化した俳句を詠みたいと考えた。「パーセント」や「割・分」では工夫がないと、「四人に一人」と定量化し、風化の危機感を景に盛り込んだ。

（「浮野」平成二十五年十月号）

私が修行している無雙直伝英信流居合道には、次のような宗家訓がある。

「當流の居合を学ばんとするものは、古来より傳承され以って今日に及ぶ當流の形に、聊かも私見を加うることなく、先師の残された形を毫末も改変することなく、正しく後世に伝うるの強き信念を持って錬磨せられん事を切望する。剣は心なり、心正しければ剣正し。心正しからざれば、剣また正しからず。剣を学ばんとするものは、業の末を追わずその根元を糺し、技により己が心を治め、以って心の円成を期すべきである。居合道は、終生不退、全霊傾注の心術たるを心せよ」

大きな犠牲を伴った戦争体験は、決して風化させてはならない。

隣《りん》国《ごく》の喧《けん》噪《そう》ありて終《しゅう》戦《せん》日《び》

終戦記念日が近づくと、決まって隣国（韓国や中国等）との間で戦後処理の問題が蒸し返される。特に、隣国内の内政問題と絡めて矛先を日本に向ける傾向もあり、難題となっている。こんな状況を詠んでみた。

（所沢市民新聞「市民俳壇」平成二十五年九月二十日）

私が修行している居合道の流派（無雙直伝英信流）が所属する全日本居合道連盟の武士道精神は、「礼儀正しく、相手の人格を尊重し、己が誠の心と強健なる身体を鍛錬することにある。即ち己が人格、識見、技能を磨き道義と信義に対する崇敬の念を重んじ、如何なる艱難辛苦、困苦欠乏にも堪え、自己の職業を天職として之に全霊を傾注し、世の中でなくてはならぬ人となることである」と定められている。

居合の極意は「鞘の内」である。争わなくて済むように技量を磨き、人格・識見を富ませ、意思疎通に努めることにある。参考にして欲しいと心から願う。

父《ちち》新《にい》盆《ぼん》母《はは》阿《あ》円《えん》忌《き》の棚《たな》飾《かざ》り

阿円忌は五十回忌のことである。一般的には、五十回忌を故人の年回法要の打ち止めとすることが多いようだ。普通は孫の代になるのが多いかも知れないが、子が行うということは故人の早逝を表しているともいえる。事実、母は四十四年の生涯であった。

一方、父（元三郎）は九十八歳の天寿を全うした。平成二十六年四月二十日逝去。戒名は元壽匠心居士《げんじゅしょうしんこじ》。「元」は名前の一字、「壽」は百歳以上の人と等価、「匠」は宮大工の様に器用に作る巧みな創造力、「心」は周囲の人たちと楽しく交流。「匠な技術に、巧みな心で天寿を全うした」という意味である。

新盆の父と、阿円忌の母を迎える盆飾りをしながら、つくづく両親共にいなくなってしまったことを思い知らされる。その寂しさを詠ってみた。

（「浮野」平成二十六年十月号）

糺《ただ》すのは不《ふ》戦《せん》の心《こころ》敗《はい》戦《せん》忌《き》

　毎年八月十五日の終戦記念日に近づくと、第二次世界大戦に関する映画が公開されたり、平和に関する各種行事が開催される。そして、昭和天皇が終戦時に仰せられた「耐え難きを耐え、忍び難きを忍び」が含まれる玉音放送が再現される。

　戦争を知る人（戦前生まれの人）の割合が日本人の人口の四分の一以下となり、戦争体験の風化が加速されている。戦後生まれの私も両親を見送り、戦争は更に遠いものとなってしまった。

　しかし、父母から聞いた悲惨な戦争体験は伝え続けなければならないと思っている。そんな気持ちを詠った句である。


（「浮野」平成二十六年十月号）

父《ふ》母《ぼ》逝《ゆ》きて迎《むか》へる初《はつ》の敗《はい》戦《せん》忌《き》

母は昭和四十年七月六日に四十四歳で急逝した。父は平成二十六年四月二十日に九十八歳で天寿を全うした。両親が逝って、我が家では戦争を知る人はいなくなってしまった。戦前・戦中の暮らしや、戦後に我々兄妹を育てるのに如何に苦労してくれたのか等々、尋ねる伝を失った。切ない敗北感を味わいながら、両親のいない敗戦記念日を迎えた。

（所沢市民新聞「市民俳壇」平成二十六年九月十九日）

これに対し、水尾先生は次の句を紹介して下さった。

日本の敗戦日国民の終戦日　　落合水尾

この句を見て閃いたのは、水尾先生の教え「難しいことを易しく」「深い思いを簡明に表現する」である。戦争に反対する多くの国民は「終戦日」として安堵感を覚え、戦争を遂行する少数の為政者は「敗戦日」と捉える。そのニュアンスの差を二つの季語に持たせ、この難しい内容を実に簡明に表現された。正に省略の極みといえよう。

合唱《がっしょう》も輪唱《りんしょう》もあり秋《あき》の蟬《せみ》

俳句を始めてからは、ボランティアに行く日は早めに家を出て武蔵関公園（※）を散策することにしている。池を巡る木立の中を散策すると、賑やかな蟬しぐれが迎えてくれる。ミンミン蟬に着目すると、一匹が鳴くと、それから何拍か遅れて他のミンミン蟬が鳴いている。公園にはさながら蟬の合唱と輪唱があるように思えた。

※武蔵関公園……遊歩道（一周一二〇一メートル）に囲まれたひょうたん型の大きな池のある公園。武蔵野の面影を象徴する樹木が茂る園内は、散歩、ジョギング、探鳥等を楽しむ人が多く、自然を感じることのできる公園だ。
所在地は東京都練馬区関町北三ー四五ー一で、西武新宿線東伏見駅下車徒歩五分。

（「浮野」平成二十七年十月号）

飛《と》ぶ力《ちから》尽《つ》きて路上《ろじょう》の残暑《ざんしょ》かな

幼虫時代を何年も地中で過ごし、地上に出てから成虫になる蟬の寿命は僅か二〜三週間と短い。その期間を精一杯生きたアブラゼミは、やがて力尽きて路上にポトンと落ちて仰向けとなる。自力ではどうにもなりそうもない。路面は残暑でかなりの温度になっている。可哀相に思い木陰に移してやろうとすると、手足を動かすものもいる。仰向けになっているのは、精一杯生きたぞ！ という意思表示なのかも知れない。

（所沢市民新聞「市民俳壇」平成二十四年十月十九日）

蟬についての観照を詩で表現した。

蟬／ハルゼミは夏を誘い／アブラゼミは暑さを増幅し／ヒグラシは秋の訪れを告げる／何年も地中で暮らし／地上に出てからの命は／二週間ほど／根元に広がる／機銃掃射の跡のような穴は／成虫への努力の軌跡／蟬の抜け殻は／精一杯の力の痕跡／公園の蟬時雨は／生き生きとした蟬の青春／路上に仰向けのアブラゼミは／一生懸命生きました／と胸張っているのかも知れない

白萩《しらはぎ》は泪《なみだ》のごとく咲《さ》きにけり

九月の「塔の会」の兼題は萩。

つくづく普段の生活が貧しいことを思い知る。身近なところで萩を観られるところを知らないのだ。これではいけないと反省するが、後の祭りである。

反省が功を奏したのか、学会の研究発表会が京都国際会館で開催されることになり、終了後、大原方面を散策した。当てがあった訳ではないが、何軒かの家にある萩を観ることができた。紅い萩が塀から外へ出ているのもあったが、白い萩も楚々として素敵だなと思って、心を浄化して詠んだ。

（「塔の会」平成二十五年九月二十日）

日《ひ》暮《ぐ》れまで図《ず》鑑《かん》片《かた》手《て》に花《はな》野《の》かな

花野に出ると、いろいろな草花に遭遇し心が癒される反面、自分の無知を思い知らされる。草花の名前が判ったら楽しさは何倍にも増幅される。何よりも、愛情表現の基本として相手のことをよく知るということがあり、名前を知ることは最低限のエチケットだろう。そんな気持ちを詠った。

（「浮野」平成二十六年十一月号）

ここで花野はいろいろな公園をイメージするが、敢えて具体的な例としては、埼玉県日高市の巾着田が挙げられる。清流の高麗川の蛇行によりできた地形で、その形が巾着の形に似ていることから巾着田と呼ばれる。

直径約五〇〇メートルほどの川に囲まれた平地には小川や小さな水路があり、中央の水車小屋は里山の風情を演出し、桜、菜の花、一輪草、アジサイ、蓮、キツネノカミソリ、曼珠沙華、コスモス、蕎麦などの花々が咲く。中でも秋の五〇〇万本の曼珠沙華は、まるで赤い絨毯を敷き詰めたようで、その美しさに惹かれる。

半《はん》世《せい》紀《き》前《まえ》のおやつや芋《いも》の秋《あき》

芋といったら一般的にはサトイモを指すのであろうが、ツクネイモ、ジャガイモ、サツマイモなどの総称でもある。ここで主にイメージしたのはサツマイモであるが、サトイモでも当てはまる。

私の子供のころの田舎でのおやつは、サツマイモ、ジャガイモ、サトイモを蒸かしたものであった。サツマイモはそのまま食べても甘く美味しい。ジャガイモやサトイモは主に塩を付けて食べた。サトイモは皮付きで蒸かしたものを、人差し指と親指で絞めて中の芋を飛び出させて皮をむき、塩を付けて食べた。

そんな記憶を辿って、昔のおやつ模様を詠んだ。

（「塔の会」平成二十六年九月十九日）

かな女忌《じょき》や最晩年《さいばんねん》の弟子《でし》を師《し》に

季語は「かな女忌」で仲秋である。俳人・長谷川かな女の忌日で九月二十二日。長谷川かな女（本名・かな）、一八八七年十月二十二日東京日本橋出身。一九六九年九月二十二日没、八十一歳。夫・長谷川零余子の縁で自らも句作を始め、夫に次いで高浜虚子に師事。「ホトトギス」「枯野」で活躍。一九三〇年に俳誌「水明」を創刊、没年まで主宰。一九六六年紫綬褒章受章。浦和市（現・さいたま市）名誉市民。

私が師事する落合水尾先生は、かな女先生の生涯最後の弟子である。かな女先生六十九歳、水尾先生十九歳の出会いである。「素晴らしい先生に会いたい」と願っていた水尾先生は、かな女先生を目の前にして「この先生に生涯師事しよう！　この先生についていくんだ！」と先ず覚悟を決めたそうだ。

その水尾先生が、今では多くの人に師事される先生になっている。かな女忌に臨み、水尾先生を師事する私は、かな女先生の孫弟子だと意識したことを詠んだ。

（「塔の会」平成二十四年九月二十一日）

七輪《しちりん》は男《おとこ》のロマン秋刀魚《さんま》焼く

水尾先生は「観照一気」の俳句を追求されている。観照は広辞苑によれば、①智慧をもって事物の実相をとらえること。②対象を、主観を交えずに冷静にみつめること。③自然・芸術を問わず、美的対象の受容における直観的認識の側面。とある。一気は一気飲みの一気とも言えるが、気は根底に存在するということが大事なようだ。私が観照一気を正しく体得するには前途多難であるが、自分なりの試行錯誤は不可欠と思いチャレンジしたのがこの句である。先ず、「七輪は男のロマン」が閃いて、「秋刀魚焼く」が素直に続いた。推敲は必要なかった。（「塔の会」平成二十七年九月十八日）

「男子厨房に入らず」とは、流石に死語になりつつある言葉ではある。しかし、今でも女性の方が厨房に居ることが多いことも事実であろう。三度の食事の準備・調理・後片付けにとられる工数は膨大なものがある。「魚は炭火で焼くのが一番」などと呑気なことは言っていられない現実がある。

一方、男性は夢やロマンを追ったりして、効率も無視し易い。

虫《むし》の音《ね》も馳《ち》走《そう》の一《ひと》つ坊《ぼう》泊《どま》り

高野山開創一二〇〇年記念に菩提寺の檀家が集まって、平成二十七年八月二十六日〜二十九日・三泊四日の高野山詣での大法会団参旅行が実施された。私も妻と連れ立って参加した。

弘法大師・空海の御廟とその参道が続く聖域には、戦国時代に戦った武将たちのお墓が並んでいて、その姿には心は和み癒された。

高野山での宿泊は、真田幸村ゆかりの蓮華定院という宿坊であった。クーラーもない部屋で食事も精進料理であるが、夜の虫の音は久しぶりの郷愁を誘い、風情のあるものであった。侘び寂びの茶の湯の世界を垣間見た気がした。

（「浮野」平成二十七年十一月号）

宙《ちゅう》返《がえ》りする魚《うお》のゐて崩《くず》れ簗《やな》

簗は川の瀬などで魚をとるための仕掛けである。木を打ち並べて水を一ケ所に流すようにし、そこに流れて来る魚を簗簀に落とし入れて獲るものだ。シーズンを終えて壊れている簗ではあるが、簗簀に追い込まれた魚が宙返りしている景を詠んだ。

（所沢市民新聞「市民俳壇」平成二十四年十一月二十三日）

鮎を獲る漁法（仕掛け）として、簗や魞《えり》がある。簗は河川を石や木などで魚類の通路を遮り、上り下りする魚類を捕獲する漁法で、魚類を捕獲する部分には魚取り簀を使用する。

魞漁は魚の習性を利用した定置網漁の一種で、琵琶湖の伝統的な漁法である。魚を待ち受け、魚が障害物にぶつかるとそれを回避する習性を利用し、「つぼ」と呼ばれる狭い囲いへ誘導する漁法である。待ち受けの仕掛けには、竹、ヨシ、杭などの自然の素材が利用される。

皆《かい》既《き》月《げつ》食《しょく》赤《しゃく》銅《どう》色《いろ》に秋《あき》の風《かぜ》

平成二十六年十月八日に皆既月食を見た。月食は、太陽・地球・月が一直線に並ぶときにおこり、満月が欠けていくように見える天文現象である。

月食が月全体に及ぶ場合を皆既月食という。太陽光が全て地球によって遮られた状態（本影が月の全てを覆う状態）が皆既月食だ。

皆既月食中の月は真っ暗になって見えなくなるわけではなく、「赤銅色」と呼ばれる赤黒い色に見える。これは、地球の大気によって太陽の光のうち波長の長い赤系の光が屈折・散乱されて本影の中に入るためだ。この景を詠った。

（「浮野」平成二十六年十二月号）

轟《ごう》音《おん》のなき編《へん》隊《たい》や鳥《とり》渡《わた》る

白鳥などの大きな鳥が水面や地面を飛び立つときは、思いの外に騒がしいものである。しかし、一度空中に舞い上がってしまうと静かなものだ。編隊を見ると、ついつい戦闘機部隊を連想してしまうが、飛行機の場合は大きな音が伴う。轟音は戦争の悲惨を連想させるが、鳥の編隊は静かな生命の営みを教えてくれる。

（「塔の会」平成二十六年十月十七日）

私が勤務したＮＴＴ研究所が昔、社会貢献活動の一環として、渡り鳥の飛行ルートを追跡するための超小型位置送信機を開発し、ハクガンや鶴等の飛行ルートを明らかにして野鳥保護に貢献した。それまで「鶴が八〇〇〇メートル級のヒマラヤの山々をどう越えるのか」が疑問だった。鶴は、先ず南下してチベット地域で上昇気流の発生を待つ。冬寒くなって上昇気流が発生すると、鶴はそれに乗ってくるくる回りながら八〇〇〇メートルまで上がる。したがって、自分では上がらず水平飛行だけで山を越すことになる。凄い！　感心する。

蔓《つる》も葉《は》も褪《あ》せてなほ燃《も》ゆ烏瓜《からすうり》

「塔の会」の句会は、毎月第三金曜日の午後に、さいたま文学館内で開催される。所沢からは電車で行くことが多いが、時々は車で行く。車の時は早めに家を出て、途中の城山公園（※）を散策して時間調整するのを楽しみにしている。

公園を散策していると、椿の木の上部に真っ赤な烏瓜を見付けた。蔓も葉も枯れて色褪せているが、四つの実は鮮やかな赤色である。木が高くて手が届かないが、何とか蔓を手繰り一個だけ木守り用に残し、三個を頂戴した（椿が可哀相と思ってだが反省している）。

※城山公園（桶川市）……ＪＲ桶川駅から約三・五キロメートルに位置する。十四世紀に築城された「三ツ木城」の城跡横に造園された公園（「三ツ木城」は太田氏岩槻城の支城の一つ）。春には公園南側に植樹された約三〇〇本の桜が満開となり、地元ではお花見の名所として知られている。

（所沢市民新聞「市民俳壇」平成二十六年十一月二十一日）

役《やく》割《わり》を果《は》たして晴《は》れて落《おと》し水《みず》

「塔の会」の句会で落合水尾先生にこの句を取って頂けた。それだけで嬉しかったのであるが、先生は次の様なコメントを下さった。「本当にそうなんですね。落し水の性格を思い浮かべ、絵にし、言葉に置き換え、落し水をしっかり詠っている。綺麗な句です。記念になる句で、〝生涯の一句〟になるでしょう。これは昇風俳句の原型と言えるでしょう。退職する人にこの句をあげたらいいですね」とおっしゃって下さった。私はその夜、嬉しさのあまり興奮してなかなか寝付かれなかった。そして、先生が「絵にし、言葉に置き換え、しっかり詠っている」と私の行動を看破したことに驚いていた。

実は「落し水」には特別の思い入れがあり（本書一一五頁・付録一（1））、自分なりの「観照一気」を試みようと思い、先ず景をイメージして物語を作り（本書一一七頁・付録一（2））、それを詩に短縮し（本書一二〇頁・付録一（3））、そこからこの句を詠んだからだ。

（「塔の会」平成二十七年十月十六日）

照《て》れ顔《がお》に成《せい》長《ちょう》見《み》たり運《うん》動《どう》会《かい》

嫁に行った娘（牧子）の長男（晴斗）の幼稚園最後の運動会を妻と共に応援した。入園した時には親や家族の顔ばかり探して競技も上の空で、徒競走もゴールでなくお母さん目がけて走るほどだった。

年長さんになった孫を見ていて視線が合うと、恥ずかしそうに照れて目を背ける動作をした。これを見て、大きくなったんだな、もうすぐ小学生になるんだなあと、感慨も一入であった。

運動会の後、高級ランドセルの予約をし、二月には納品されプレゼントした。

（「浮野」平成二十七年十二月号）

松《まつ》手《て》入《い》れ脚《きゃ》立《たつ》の翁《おきな》しゃんとして

兼題は「松手入れ」。松手入れの現場を探そうと市内を散策した。十分位歩いた時に、幸運にも松の手入れをしている民家に出会った。ブロックの塀の内側にある松の木の剪定をしていた。

遠くから発見した時は塀の内側で作業をしていたが、私が近づく頃は塀の外側に脚立を立て、塀越しに手入れを始めた。

プロの植木屋さんではなく、明らかに家人である。それも初老の男性である。長年続けてきた自負もあろう、自信が体全体に漲っている。普段のおじいちゃんとは一味違う颯爽とした感じを詠んでみた。

（「浮野」平成二十七年十二月号）

大《だい》の字《じ》になって銀河《ぎんが》を仰《あお》ぐかな

人は寝ている（身を横たえている）ときが一番素直になれるのだそうだ。中学時代、親友の家に泊まりに行って、寝そべったまま一晩中話した。天井を見つめ、相手の顔を見ないで声だけでお互いを認め合うことで一層素直になれたのかも知れない。

そんな懐かしい思いが潜在的にあるらしく、気候がよくなると、土手や広場などでやたらと大の字になって寝そべりたくなる。春は日中の雲がよく、秋には高原の夜空がいい。清里高原でキャンプした時、星のなんと多かったことか。埼玉ではめったに見られない流れ星を頻繁に見た。消えるまでに願いごとを言いきれなかったことなどが懐かしく思い出される。

大の字になって思い出の清里に夢を馳せた。銀河鉄道に乗って宇宙に行き、そこで自由の身となり宇宙遊泳をさせてみた。

（「塔の会」平成二十四年八月十七日）

冬

（十一月〜一月）

ぽつくりにおてんば盗《と》られ七五三《しちごさん》

七五三は、七歳、五歳、三歳の子どもの成長を祝って十一月十五日に神社や寺に詣でる日本の年中行事である。関東では男の子は五歳、女の子は七歳と三歳を祝うことが多い。

男の子は羽織袴か洋装であるが、女の子は着物が多い。七歳の女の子が着物を着て淑やかにしていると、ときどき「女性」を感じドキッとすることがある。

三歳の女の子の場合は着物を着せられ、ぽっくり（最近少なくなってきたが）や草履を履かされ不自由であり、普段のおてんばもできなくなっている。そんな景を、擬人法を用いて詠んでみた。

（「塔の会」平成二十五年十一月十五日）

十日夜《とおかんや》わら鉄砲《でっぽう》の見当《みあ》たらず

水尾先生は、「俳句を作るときは、十分間は対象を観照しなさい」と指導されたが、その対象が見当たらない場合を詠んだ句である。

十日夜（とおかんや、とおかや）とは旧暦十月十日の夜に行われる収穫祭のことで、私が子供の頃は、子供達は藁鉄砲を持ち、集団で各家を訪れ、

とおかんや、とおかんや、とおかんやの、藁でっぽう……

と唄いながら、地面をたたいて歩いたものである。これは、豊作をもたらしてくれる地面の神様を励ますためとも、作物にいたずらをするモグラを追い払う意味を持つとも言われていた。子供心にも大きな音が出るようにと、藁鉄砲の芯に芋茎を入れたり工夫したことが懐かしく思い出される。

しかし、今ではその風習は気配さえ感じられず、見ることもできない。

（「浮野」平成二十六年一月号）

石垣《いしがき》は海《うみ》の日《ひ》溜《だま》り石蕗《つわ》の花《はな》

石蕗は「ツワ」または「ツワブキ」「イシブキ」とも読む。

石蕗の花は海岸や海辺の山地などの日陰に自生するキク科の常緑多年草で、葉は厚くてツヤがある。花軸を五〇センチメートルほど伸ばした上に、菊に似た花を咲かせる。もともとは暖地の海辺や畦などに自生していたが、日陰でもよく育つことから、今では観賞用に日本庭園の石組みや木の根元などに好んで植えられている。黄色があざやかな石蕗の花は、冬に彩りを与えてくれる代表的な花である。

俳句を始めるようになって石蕗の花を知ったが、この句は江の島に旅したときに出会った石蕗の花をイメージして詠んだ。


（「浮野」平成二十六年一月号）

御《おん》嶽《たけ》の噴《ふん》火《か》鎮《しず》めと山《やま》眠《ねむ》る

「山眠る」は冬の季語である。冬季の山が、枯れていて全く精彩を失い、深い眠りに入るように見えるさまをいう。

平成二十六年九月二十七日に、長野県と岐阜県の県境に位置する御嶽山（標高三〇六七メートル）が噴火して、噴火災害としては戦後最悪の五十八名の死者を出した。行方不明者全員の安否確認が出来ぬまま積雪により捜索は中断され、雪解け待ちを余儀なくされた。

犠牲者の鎮魂と行方不明者の無事を祈るにはあまりにも荷が重過ぎるかも知れないが、季語の「山眠る」に頑張って頂きたいと思い詠んだ。

（「塔の会」平成二十六年十一月二十一日）

その後、平成二十七年八月六日、長野・岐阜両県は行方不明者五人を残したまま、すべての捜索活動を終了することを発表している。

三《さん》代《だい》の顔《かお》の温《おん》度《ど》差《さ》七《しち》五《ご》三《さん》

七五三に関しては、〈ぽつくりにおてんば盗られ七五三〉（本書八九頁）と詠んだが、これは子供に注目した句であった。

この句は、子供の成長を祝う親子三代（本人、父母、祖父母）の表情を詠んだものだ。子供は晴れ着を着せられ、窮屈だから早く解放して欲しいと願い、親の心子知らずだ。

親（お父さん、お母さん）は、晴れ着を汚してはいけないと、はらはらしながら見ている。また、写真を一杯撮りたいのに応じてくれないし、しきりに「おもちゃ買って！」などと買い物を迫る子に閉口する。祖父母たちは責任がないから、そんな光景も含め何でも笑って過ごせる。

親子三代の顔には、明らかに温度差が認められる。

（所沢市民新聞「市民俳壇」平成二十六年十二月十九日）

マフラーの編《あ》み目《め》に埋《うず》む心《こころ》かな

今は編み物をしている姿を見かけることは殆どなくなってきた。それでも田舎を旅したときに、ローカル線の駅等で電車を待っている女性が毛糸を袋にいれ、手編みしている姿を見かけることがある。それこそ一目毎に編み上げる仕草の中に、何とも言えない温かみを感じる。

誰のものを編んでいるのだろうか？

何を考えながら編んでいるのだろうか？

想像を逞しくする自分の心まで温かくなってくる。そんな気持ちを詠みたかった。

（「浮野」平成二十七年一月号）

蓮根《はすね》掘《ほ》る地球《ちきゅう》まみれの笑顔《えがお》かな

茨城県土浦市の蓮根の収穫の様子をテレビで見たことがある。胸まであるゴム製のつなぎ服を着て、消防のような放水銃を持って蓮根を掘る。強い水流で蓮根の周りの泥を流して掘るのだ。顔中泥だらけとなっての作業である。「泥まみれ」でも「水まみれ」でも、作業者の思いは伝わらない。「地球まみれ」とすれば、蓮根農家の気持ちが伝わるのではないかと考えた。

蓮の地下茎が肥大した部分は、見た目には根のようなので蓮の根＝蓮根と言われる。日本では蓮根はおせち料理には不可欠な物だが、それは蓮根を輪切りすると丸い空洞が並んでいて向こうが良く見える事から、「先の見通しが良い」という縁起を担いで食べる。日本では作付面積、出荷量ともに茨城県が全国トップで、出荷量では土浦市が第一位である。

（一畦集／「浮野」平成二十七年十一月号）

湯豆腐《ゆどうふ》や誰《だれ》もやさしき箸《はし》づかひ

寒いときは鍋物が最高である。特に湯豆腐は、材料は豆腐、水、昆布のみで簡単だ。鍋に昆布を敷き豆腐を入れ、温まったところを引き揚げて、つけダレで食べる。しかし、シンプルイズベストの趣があり、技術的にも奥が深く、つけダレにもいろいろあるようだ。湯豆腐ならではの淡味を味わうなら、これがベストであろう。

しかし、湯豆腐にもいろいろある。白菜や春菊を入れて、素朴で上品なおいしさの中に白菜の甘みや春菊の香りを味わうのだ。焼いた鶏肉、水菜、えのきだけを入れたものなども、湯豆腐全体のボリュームもアップして、子供など若者を含めた家族には良い。このような鍋物では自然と野菜も摂れて健康にも良い。豆腐は良質なタンパク源であり、美容にも健康にも良いからだ。

豆腐は柔らかく、崩れやすい。自然と箸使いは優しくなる。そんな身も心も温かくなる団欒を詠った。そして、湯豆腐の白い揺れに、愛しい人の面影を重ねてもいるのである。

（一畦集／「浮野」平成二十七年十二月号）

雪《ゆき》の中《なか》修《しゅ》行《ぎょう》の最《さ》中《なか》永《えい》平《へい》寺《じ》

永平寺の三泊四日の参禅修行に参加した。「準備なく、突如の厳しい修行に耐える」ことが目的で、謂わば興味本位の挑戦だった。全国から十九人が参加した。

初日は午後のガイダンス終了後に即修行に入った。そこには「興味本位の参加は挫折する」と明示されていた。最初の試練は翌朝にきた。本堂での朝の務めで、正座が九十分続いたのである。十五分で痺れてしまうのに、九十分の正座は未経験の地獄の辛さであった。直後に二人が挫折して帰った。翌朝の務めの後にも一人挫折し、仲間は十六人になった。修行を概略すると、四時半起床、洗面、座禅、朝の務め、朝食、掃除、座禅、昼食、掃除、座禅、講義、夕食、座禅、二十一時就寝である。座禅は一時間単位で、五十分の座禅、五分の経行（※）、五分の休憩からなる。

永平寺は雪に埋もれているのに、廊下の窓は開け放され、吹きさらし状態にあり寒い。寒さに耐えるのも修行の内と頑張ったことを思い出した。

※経行《きんひん》……胸に手を当て歩く禅

（「塔の会」平成二十五年十二月二十日）

梟《ふくろう》の一《いっ》声《せい》夜《よる》を制《せい》しけり

季語は「梟」で冬。

フクロウは夜行性のため人目に触れる機会は少ないが、「森の物知り博士」「森の哲学者」として親しまれ、知名度は高い。木の枝で待ち伏せて音もなく獲物に飛び掛かることから「森の忍者」とも呼ばれる。「不苦労」や「福老」に通じるため、縁起物とされることも人気の理由であろう。

鳴き声は良く通る声で数キロメートル先まで届き、縄張り宣言やつがいの間の伝達の働きをしているのだそうだ。

寒い夜更けの闇の中でホーホーと鳴くフクロウであるが、ホーホーの鳴き声により、夜も闇も更けていくように思えた。

（「浮野」平成二十八年二月号）

凩《こがらし》を迎《むか》へて低《ひく》き平《ひら》家《や》かな

凩の吹く夜は、人間ばかりでなく家をも凍えさせる。人は寒いとき身を縮めて体温の拡散を防ごうとする様に、寒いときは家も平屋の方が良いようだ。その平屋から暖色系の灯りが漏れてくるとホッとする。

利根川沿いの妻沼町に生まれた私は、利根川を越えて来る赤城おろしに吹かれて育った。上州名物「かかあ天下と空っ風」である。空っ風は、乾いた強く吹く北風である。このため、昔の農家には島根県出雲地方の築地松《ついじまつ》のような屋敷林があり、寒い強風から家や家族を守っていた。

窓がアルミサッシになるなど建築様式が変わると、母屋普請が行われるたびに屋敷林は伐採され、今では殆どなくなっている。

しかし、相変わらず赤城おろしは吹いている。守ってくれる屋敷林もなく、家も身を縮めているようだ。

（所沢市民新聞「市民俳壇」平成二十五年一月十八日）

凍《いて》滝《だき》の金《こん》輪《りん》際《ざい》を研《と》ぎ澄《す》ます

金輪際というのは、物事の極限であったり、どこまでも、とことんまで、断じて、などの意味を有する。この句は初め〈凍滝や音なき音の音を聴く〉とした。厳しさを的確に表現する語彙も技法も判らなかったからだ。水尾先生が添削して下さって、目から鱗が落ちるようであった。

「金輪際」には広辞苑によると二つの用法がある。「物事の極限」という意味の名詞と、多くはあとに打ち消しを伴って「どこまでも」という意味の副詞である。元は仏教から出たことばである。江戸時代は「聞きかけた事は金輪際聞いてしまはねば気がすまぬ」というように、打ち消しを伴わない表現がされていた。

しかし、「とことん」「徹底的に」などの意味から、現在では「金輪際〇〇しない」などと下に打ち消しの語を伴って、「決して」「断じて」の意味として用いられるようになった。たとえば「あいつとは金輪際口をきかない」である。

（「塔の会」平成二十六年十二月十九日）

赤提灯《あかちょうちん》一振《ひとふ》りにする時雨傘《しぐれがさ》

赤提灯で一杯というのは、サラリーマン（庶民）の象徴的なシーンである。サラリーマンは自営業と違って気楽な面もあるが、職場の人間関係などで気苦労も多い。特に、上司と部下の板挟みになっている中堅サラリーマンにはストレスも多いことだろう。適当にストレス発散し、気分転換を図らなければ生身は持たない。

言ってもどうにもならないのが愚痴ではあるが、愚痴ることにより少しでも発散できるならそれもよい。多くのサラリーマンはそれを承知で赤提灯に入る。

暖簾をくぐる前の一つのけじめが、傘を振って水分を切ることである。侍の血振りに似て一線を画する。そんな日常を詠んでみた。

（「塔の会」平成二十四年十一月十六日）

聖夜《せいや》来《く》る寝息《ねいき》の漏《も》れてくる頃《ころ》に

「クリスマスイブにサンタクロースがプレゼントを持ってくる」という話は、いつまでも子供の心に留めておきたい夢の一つである。

そのため、親は早くから子供が何を欲しがっているのか、気付かれないように探りを入れて、何とか知ろうと努力する。「サンタさんに手紙を書いたら？」などと知恵も出す。

そして、用意したプレゼントを枕元に置くのだが、子供たちは興奮してなかなか寝てくれない。寝るのを待って寝不足にもなるお父さん。つくづく、親とはありがたいものだ。

（所沢市民新聞「市民俳壇」平成二十六年一月十七日）

寝《ね》て一畳《いちじょう》坐《ざ》して半畳《はんじょう》息《いき》白《しろ》し

永平寺での三泊四日の参禅修行（本書九七頁）では、座禅三昧の四日間であった。私たちが座禅をするときは、地面から高さ五〇センチ位の半畳程のスペースで行うが、永平寺の修行僧は一畳程のスペースで生活するそうだ。寝るときは一畳の全面を使い、座禅のときは半分を使うのだ。広い法堂での冬の生活はいかにも寒い。その様子を十七音で表現した。

（「塔の会」平成二十七年十二月十八日）

一時間毎に繰り返される座禅では、十五分で足が痺れ始める。二十分位経つと、道士が「足が辛かったら組み替えても良いですよ」とおっしゃって下さる。何度か組み替えてみたが、組み替えても変わらない。

ある座禅のとき二十分位経った頃、道士が「慧可断臂」（または「雪中断臂」）の話をして下さった。達磨大師に弟子入りを許可してもらおうと慧可上人が自分の腕を切り落とし、その決意の固さを示した有名なエピソードだ。この話を聞いて覚悟不足に気付き、その後は足の痺れを気にしなくてすむようになった。

数《かぞ》へ日《び》の思《おも》ひ巡《めぐ》らす喪《も》中《ちゅう》かな

「数へ日」は十二月の季語である。

年も押し詰まり、今年も残すところ数えるほどという年末の忙しい様をいう。一般的には、子供たちはお年玉や新年行事や遊びなどを、指折り数えて楽しみに新年を待つ。大人たちはお正月の準備に追われる。

しかし、今年の我が家は父が亡くなり喪中となったため、正月飾りもしないし年賀状も出さないため、忙しさも内輪。父の持ち物を整理していると、いろいろな思い出が蘇ってくる。そんな景を詠んだ。


（「浮野」平成二十七年二月号）

アルパカも仰《あお》ぐマチュピチュ初日《はつひ》の出《で》

妻と連れ立って南米十日間の旅に出た。

ペルーの高地都市クスコ、天空都市マチュピチュ、ナスカの地上絵、イグアスの滝など感動の連続であったが、特にマチュピチュは美しく感動した。

リャマやアルパカの人懐っこい顔が可愛く旅情を誘った。妻は小さい頃、山羊の面倒をみていて乳搾り担当だったそうだ。したがってアルパカを身近に感じていた。それがアルパカにも通じるらしく、初対面なのに親しそうになでなでされていた。

お正月に南米の旅の写真やビデオを見て旅行を振り返っていたとき、そのことを思い出して作句した。


（「浮野」平成二十七年三月号）

俳《はい》聖《せい》の跡《あと》を辿《たど》りぬ初《はっ》山《さん》河《が》

お正月に俳句仲間と、東京の門前仲町駅（地下鉄東西線）で集合し、清澄《きよすみ》庭園～深川芭蕉庵跡方面を散策した。古池の芭蕉句碑、芭蕉記念館、芭蕉翁の像、芭蕉稲荷神社（深川芭蕉庵跡）等を訪れ、芭蕉の奥の細道への旅立ちまでの生活に思いを馳せた。

（「塔の会」平成二十五年一月十八日）

清澄庭園は東京都江東区清澄にある都立庭園。元禄期の豪商・紀伊國屋文左衛門の屋敷があったと伝えられるが、明治になって荒廃していた邸地を岩崎弥太郎（三菱財閥創業者）が買い取り、社員の慰安と賓客接待を目的とした庭園として造成。三菱三代目社長の岩崎久弥が半分を東京市に寄贈し、昭和七年に開園したものである。

池の周囲に築山や名石を配置した回遊式林泉庭園で、中島を持つ広い池が中心にあり、ツツジとサツキの「つつじ山」や、池の端を歩けるように石を配置した「磯渡り」などがある。また、園内には岩崎家が全国から集めたという名石が無数に置かれている。

縁《えん》起《ぎ》よく値《ね》下《さ》げ楽《たの》しむ達《だる》磨《ま》市《いち》

昔は、どんぶりばちや皿などの食器を、威勢の良い掛け声で値下げ（もしくはおまけを増やす）しながら売る露天商があり、私はその雰囲気が好きだった。今ではそういう姿は殆ど見られない。

確実に出会えるのは、私の初詣先である埼玉県熊谷市妻沼の聖天山（本殿の観喜院聖天堂は国宝）の境内に元日に出店する達磨市（高崎達磨）である。

「このダルマ何万両？」「七千万両！」

「五千万両？」「六千万両！」

「五千五百万両？」「旦那！　五千五百万両！」

という具合に商談が成立し、縁起物を買う。

「七千円」と言わないで「七千万両」というのも景気が良いし、値下げ交渉そのものが楽しい。

（「浮野」平成二十六年三月号）

初《はつ》富《ふ》士《じ》を丸《まる》ごと見《み》せて跨《こ》線《せん》橋《きょう》

跨線橋は、鉄道線路の上をまたがって設けた橋である。

富士山は特別の山で、各地に「富士見」と名のつく所がある。昔はそこから富士山がよく見えていたのだろうが、今は高層ビル等の高い建物が増えて、富士山を見通せる場所も少なくなってきた。街中で手頃に行ける高台としては、歩道橋や跨線橋がある。特に跨線橋なら三～四階分の高さがあり、場所によっては富士山を丸ごと見せてくれる。

年が明けて最初の富士山を見るのに、わざわざ海や山まで行かなくても近くの跨線橋からでもお参りできる、と詠んだものである。

（「浮野」平成二十七年三月号）

三丈《さんじょう》の荒幡富士《あらはたふじ》や初山河《はつさんが》

荒幡富士は、東京のベッドタウンである埼玉県所沢市にある標高約一一〇メートルの山。明治三十二年に富士信仰によって築かれた、標高差一〇メートルほどの人工の山（富士塚）である。

山頂は三六〇度のパノラマで、本物の富士山、秩父連山、新宿高層ビル、東京スカイツリーなどが展望でき、西武ドームは目の前に見える。周辺は自然豊かな場所で、ファミリーで楽しめる自然公園や施設がたくさんある。健康のための散策には理想的なところである。私が所沢市に移り住んで四十年以上になるが、荒幡富士に行くようになったのは、水尾先生に俳句を習うようになってからである。

縁起の良い夢を順に並べて「一富士二鷹三茄子」というが、やはり富士山は最高である。正月に登る荒幡富士は暮れに登ったのと殆ど変わりがないが、気持ちが全く異なるため、何故か違って見えるから不思議だ。荒幡富士の頂上からの眺望は、夢と希望に溢れて見えた。

（「浮野」平成二十八年三月号）

苦《く》も悪《あく》も祓《はら》ひ尽《つ》くせやどんど焼《や》き

「どんど焼き」は、松飾り・注連縄《しめなわ》・書き初めなどを家々から持ち寄り一ヶ所に積み上げて燃やすという、お正月の火祭り行事だ。

田んぼや空き地に、長い竹や木、藁、茅、杉の葉などで作ったやぐらや小屋を組み、正月飾り、書き初めで飾り付けをしたのちそれを燃やし、残り火で柳の木や細い竹にさした団子や餅を焼いて食べるという内容で、一月十五日前後に行われる。

どんど焼きの火にあたったり、焼いた団子を食べれば、その一年間健康でいられるなどの言い伝えもあり、無病息災・五穀豊穣を祈る民間伝承行事である。

そんなどんど焼きに寄せる思いを詠んだ。

（所沢市民新聞「市民俳壇」平成二十七年二月二十日）

健《けん》吟《ぎん》の同《どう》志《し》に挑《いど》む初《はっ》句《く》会《かい》

俳句入門講座で水尾先生と俳句に出会い、受講者の有志で作った「塔の会」に参加して、多くの知己を得た。「塔の会」の講師として、引き続き水尾先生に俳句のご指導を頂ける幸せをつくづく感じる昨今である。

水尾先生には俳句を通して、人生についてもご指導を頂いている。同じ志を持つ仲間もかけがえのない宝物だ。

自分も仲間からそう思って貰えるように頑張ろうと、「切磋琢磨」を新年の誓いとする。最初の実践は初句会、「一泡吹かせるのが恩返し」と気負って詠んだ。

（「塔の会」平成二十八年一月十五日）

ふる里《さと》や裃《かみしも》着《つ》けて節《せつ》分《ぶん》会《え》

齢を重ねると故郷が愛おしくなる。私の故郷は埼玉県熊谷市妻沼台（旧・妻沼町台）である。旧町名に「沼」があるのは、良くも悪くも利根川と共にあったということだ。利根川の豊かな流れに沿い、右に赤城山を見、左前方に浅間山を見ながら小学校・中学校へ通った。

野良仕事の手伝い、バスケットボール、魚獲りで明け暮れた小中学校時代。私の心の純粋な部分は殆どここで育まれたと思っている。故郷を離れて半世紀。古希を前に懐かしく感じるのは、鮭の回帰性に似ているのかも知れない。

昨年、高野山開創一二〇〇年記念の三泊四日の団参に夫婦で参加したことが契機となり、五十年のブランクを乗り越え地元の人との交流が始まった。その縁で、「聖天山（国宝）の福男にならないか」の誘いを受け、初めての福男を体験した。生まれて初めて裃を着け、二升枡から感謝のおひねりを撒くのは楽しいものだった。

（「浮野」平成二十八年四月号）

付録一

〈役割を果たして晴れて落し水〉の創作の背景

（1）創作に関する作者の背景

堰外し

私の生家は埼玉県大里郡妻沼町大字台（現・熊谷市妻沼台）にある。利根川の近くで、西方約一〇〇メートルに、川幅一〇メートルほどの雉子野川（通称・きじの）が流れている。「きじの」は、利根川の堤防に設けられた水門を通して利根川に注ぐ。私はこの「きじの」の橋を渡って、約二キロ先にある小学校・中学校に通った。小中学時代は、登校・下校時に何らかの形で「きじの」で遊ぶのが常だった。

田植えを迎える頃に、この「きじの」の橋桁に設けられた溝に一〇センチほどの厚い板が何枚も挿入され、「きじの」は堰き止められる。この結果、堰の上流と下流との水位差は二メートルほどになる。上流はプールのようになって、絶好の魚釣り場になる。時にはプール代わりに泳いだりもした。下流は水深も浅く、ズボンを捲って入って魚やザリガニを獲ることができる。上流に繋がった沢山の小川や水路は、田圃への灌漑用水路となっている。堰を張るのは村の一大行事で、この日は早朝より村の長老や若者が集まる。堰を張れば魚釣りができるので、子供心にも嬉しい日である。

しかし、もっと嬉しいのはその堰を外す日である。稲穂が実り、水の必要がなくなり、収穫に備えて田圃を干すため水を落とす。具体的には、「きじの」の堰を外す。この結果「きじの」の水位が下がり、それに繋がる小川や水路の水位も下がる。したがって田圃毎の畦を切れば、田圃の水は水路や小川へと流れ落ちていく。この水を落し水という。実はこの落し水が、魚獲りの子供たちにとって楽しみのスタートとなる。

田圃に張られた水は適度に温められて、魚の絶好の養殖場になっている。畦を切ると落し水と一緒に田圃の中の魚が逃げ出すため、畦の切り口に網を置くだけであっと言う間にバケツ一杯の小魚が獲れる。したがって、堰外しと判ると、その日子供たちは学校でも落ち着かない。早く帰って魚獲りがしたいのだ。

堰外しの日は、子供ばかりでなく大人も一斉に魚獲りを始める。先ず田圃の中の小魚を獲り、次は水位の下がった小川に入り、トンネルの入り口のような形をした網で掬う。大きな鮒や鯉が獲れる。小川の次は水位の下がった「きじの」本流に入って網で掬う。「きじの」は水量が減り、皆が魚獲りをしているため濁流となり、息が苦しくなるので鯰や鰻の姿が見え隠れする。小川よりも大きな鮒や鯉、鯰や鰻が沢山獲れる。

こうして、堰外しの日は興奮の内に暮れていく。堰外しは落し水と同義であり、思い入れのある言葉だ。

（2）観照時のイメージ（物語）

落し水

※稲穂が垂れ始める頃に心を澄ますと、田圃からはいろいろな声が聞こえてくる。

農夫　（稲穂を愛でながら呟く）そろそろだな。

稲穂　（田圃の水にしみじみと言う）そろそろですって！

田圃の水　（蛙にお願いする）皆さんにそろそろだと伝えて下さい。

蛙　（ぴょんと畦に飛び乗り、先ず畦に伝える）そろそろだそうですよ！

畦　（身を引き締めながら答える）その時まで頑張ります！

蛙　（田圃に飛び込んで、稲の間を平泳ぎしながら知らせる）魚さんたちー、そろそろですよー！

魚たち　（皆が集まって、長老の話を聞いている）

魚の長老　（魚の全員に状況を説明する）まもなくその時が来ます。水がどんどん少なくなりますから、体の大きい順に速やかに小川に退避して下さい。

※その時を前に皆さんが、互いにお別れの挨拶を交わす。

稲穂　皆さんのお蔭で楽しい日々でした。お蔭様で立派に実ることができました。本当にありがとうございました。

田圃の水　農夫さんが毎朝水回りをしてくれ、畦さんがしっかり守ってくれたお蔭です。

畦　私は、田圃の水さんが稲さんの為に尽す姿に感動して、お手伝いをしただけです。蛙さんや魚さんたちも、よく声をかけて下さり、楽しかったです。

蛙　田圃の水さんの温水プールで泳いだ後の、畦さんの上での日光浴は最高でした。

魚たち　私たちも田圃の水さんや畦さんのお蔭で安心して生活できました。稲さんの中でかくれんぼしたり、本当に楽しかったです。

稲穂　魚さんたちの楽しそうな姿を見ていて、毎日退屈しなくてすみました。時々蛙さんもお話に来てくれました。

田圃の水　皆さんに喜んで頂いて、こんな嬉しいことはありません。最後の確認です。堰が外されたら小川の水位も下がります。そして、畦が切られたら、私は大きな声とともに、落し水となって、勢いよく小川に出ていきます。その時魚さんたちも一緒に、大きい順に小川に退避して下さい。他の皆さんは魚さんたちが、逃げ遅れないように見守って下さい。やがて流れは緩やかになり、私の声も小さくなりますが、心配しないでください。私は次の目標として、大河に入り海をめざします。皆さんのご多幸は川から海から時には雲となって天から祈っております。それでは皆さんお元気で、本当にありがとうございました。

（3）イメージを要約した詩

落し水

田んぼの水は
稲穂が垂れ始める頃に
落し水として旅立つ
農夫は掌で稲穂を愛で
水に感謝をしながら

田んぼの畦を切る
落し水は
水位の下がった小川を目指し
大きな声を出しながら
勢いよく流れ出る
小魚たちが逃げ遅れないように

魚たちは畦と水に感謝をしながら
大きい順に田んぼから出ていく
蛙は一緒に泳いだことを
懐かしく思い出しながら
魚たちと水を見送る
稲穂は精いっぱいに頭を垂れて水に謝意を示す
落し水は明るくあいさつ

「私のことは心配しないでください　新たな夢に向かって
大河に入り海を目指します　皆さんのことは
川から海から時には雲となって　見守っています」

落し水の流れはしだいに緩やかになり　声も小さくなる
そして最後の一滴が優しくささやく
「…………」

（４）推敲について

落合水尾先生に「観照一気」の俳句についてご指導いただいているが、緒に就いたばかりで理解の糸口も摑めていない。何とか一歩をと、模索を顕在化したものが図１である。
即ち、観照は「対象のイメージ化」、作句は「イメージの言語化」であり、推敲は「言語の最適化」と考えた。現状の私は作句での上五・中七・下五の言語化が不十分であり、推敲の段階での手戻りが多い。上五と下五を入れ換えたり、その結果、中七をまた変えたりしなければならないこともある。また、推敲で良い句になっても観照時の感動とは違ってしまう場合もあり、作句に戻ることを余儀なくされてしまうからだ。

「観照一気」を実践する句力が伴っていないことが最大の原因だろう。従って図1の三句のように、推敲したもののどれが一番良いのか悩んでしまうことにもなる（本書六〇頁参照）。

私が目標とする「観照一気」の俳句では、図の下段のように推敲は不要か、あっても一

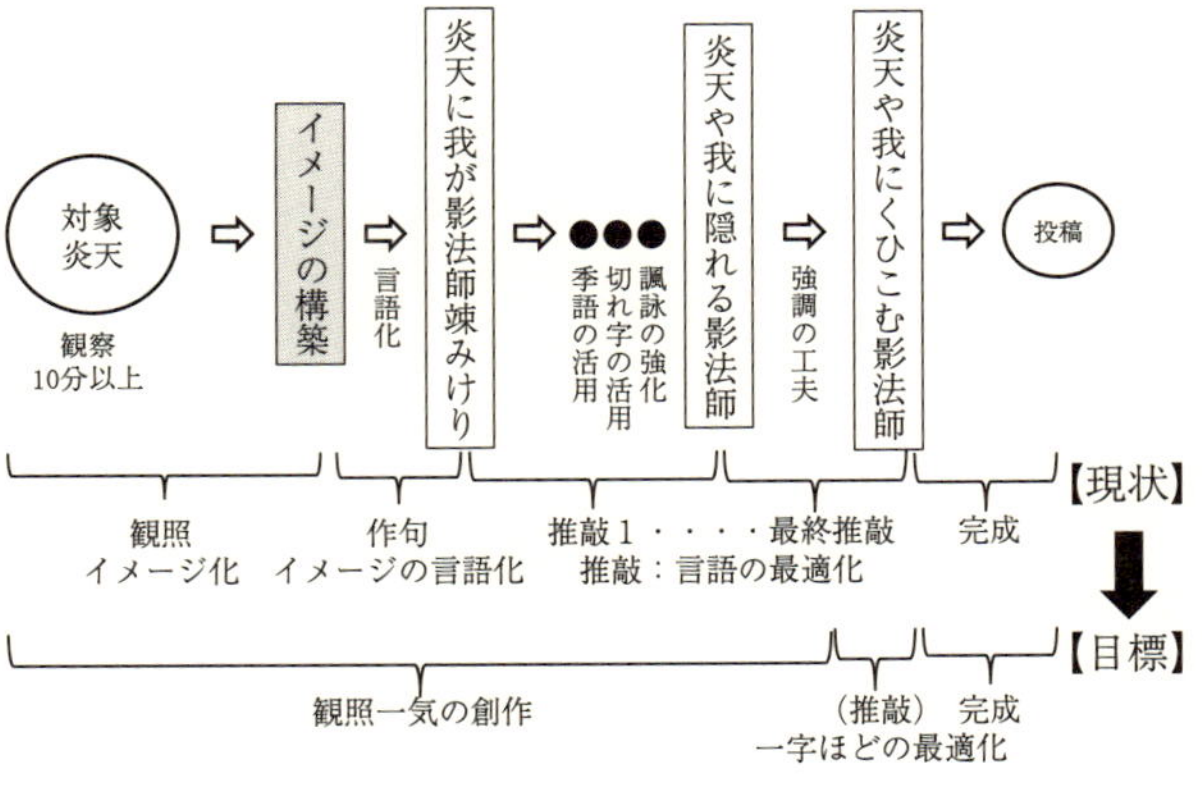

図１　「観照一気」の俳句を求めて（現状と目標）

字程度の入れ換えなのではないかと思う（本書四四頁の長谷川かな女句碑〈曼珠沙華あつまり丘をうかせけり〉参照）。

俳句の先生や先輩諸氏は作句が巧みで、作句＝創作完成で、推敲は殆ど不要のように感じている（勿論、作句時点で十分に推敲は済んでいるのかも知れないが、それは知る由もない）。

ただ、初心者の場合でも推敲が要らない作品もある。勿論、客観的な出来映えは何とも言えないが、自分としては何度も推敲したのと同様な達成感はある。少なくとも作句時の感動を詠めているような気がするのである。

その例を図２に示す。

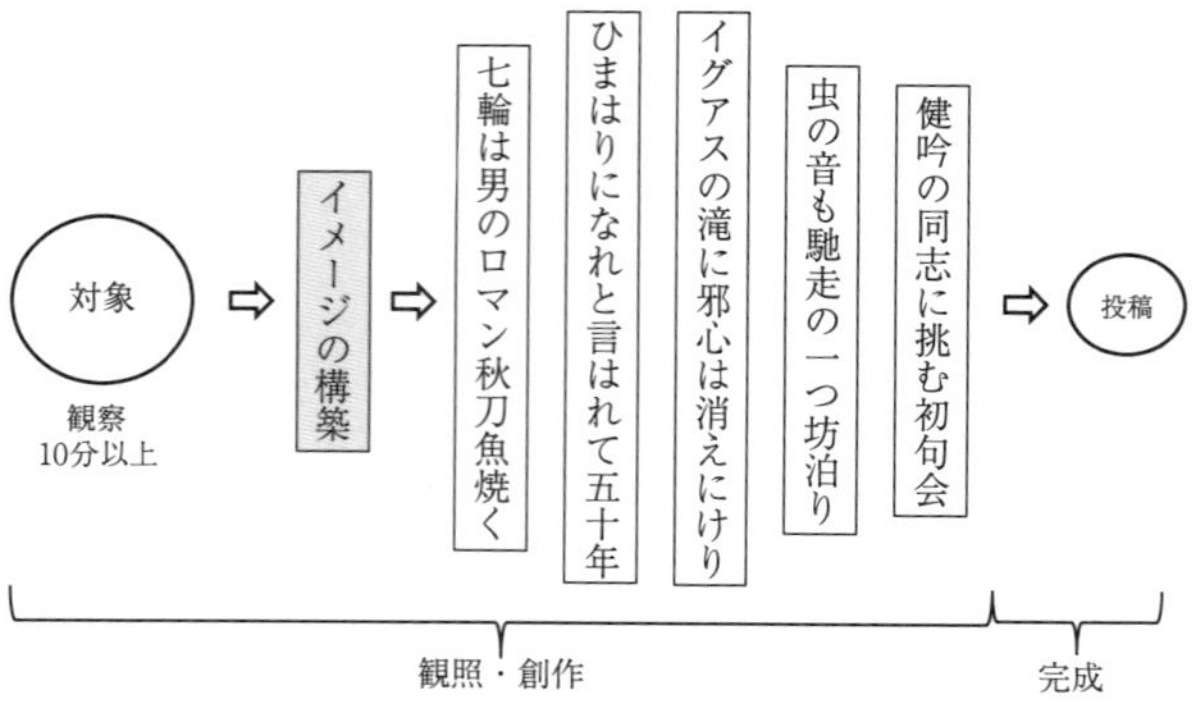

図２　「観照一気」の創作？の例（推敲無し）

付録二

「観照一気」七ヶ条（落合水尾著書より）

「観照一気」（俳句創作上の心得）七ヶ条

一、感動はおどろきである。発見である。俳句は、素朴な実感から始まる。

二、写生はじっと観ることである。わかりやすく表現することである。感動の微光を描写することは楽しい。

三、一季語一切れ字。俳句の表現は省略である。単純化である。自然自己一元の人生諷詠の詩である。立体的感興を即物的に簡明に表現する、有季定型の詩である。

四、諷詠は感動を見きわめて、その核心から発する律動をさらりと表現することである。深みを軽妙にリズミカルに言いとどめて、淡くてくっきりとした叙情を得ることである。説明は一切要らない。

五、ぴーんとひびいて忘れられない句。さりげなくひらいて心のなごむ句。情感の美の形象。俳句は余韻余情を大切にする文芸である。余韻余情は、句の奥行きであり、句のふくらみである。

六、推敲とは後を濁さぬ表現を求めることである。感動の核心を突いた、自己の思いに忠実な、的確な表現になっているか。想像を喚起させる句になっているか。類想類句の問題はないか。表記には間違いはないか。句の姿かたちはよいか。舌頭千囀の慈しみを通して、句におのずから品格というものが備わる。静かに耐えた推敲の時間は特に尊い。

七、勢いを抑えたしみじみとした表現には力がある。おおらかさ、やさしさ、なつかしさ、あたらしさ、あたたかさ、さわやかさ……心の赴くところに個性的な感動の花は結実する。

（出典：落合水尾『俳句入門十章──初心者のための俳句講座』／浮野発行所）

付録三

落合水尾句集『円心』鑑賞

一、著者紹介

著者は落合水尾（おちあい・すいび）。昭和十二年四月十七日埼玉県生まれ。昭和二十六年より俳句を始める。角田紫陽、岡安迷子に師事。昭和三十一年、長谷川かな女に師事。昭和四十四年、長谷川秋子に師事。昭和五十二年「浮野」創刊主宰。

句集に『青い時計』（昭和三十六年）、『谷川』（昭和四十五年）、『澪標』（昭和五十五年）、『平野』（昭和五十七年）、『東西』（昭和六十年）、『徒歩禅』（平成六年）、『蓮華八峰』（平成十四年）、『浮野』（平成十七年）、『日々』（平成二十二年）、『円心』（平成二十七年）は著者の十番目の句集で、平成二十一年〜二十六年の三八五句を収録。あとがきに、「今しかない、ここしかない、我しかない、切実な現実を観照一気の俳句に詠じ、すっきりとした円やかな心の余情を得たいものと思う」とある。

著書に『長谷川秋子の俳句と人生』（昭和五十年）、『自解１００句選落合水尾集』（平成

元年）、『自註現代俳句シリーズ・六期34落合水尾集』（平成二年）他。

埼玉文学賞（昭和四十六年）、加須市文化功労章（平成七年）、埼玉文化賞（平成十八年）、等受賞。

俳人協会名誉会員、日本文藝家協会会員、朝日新聞埼玉文化欄俳壇選者、埼玉文芸賞選考委員。

二、『円心』鑑賞

平成二十四年の俳句入門講座で落合水尾先生と出会い、本格的な俳句との出会いを果たして三年が経った。最初に水尾先生からお教え頂いたことは、いかに俳句を詠むか、という視点から四つの楽しみがあるということだった（本書二五頁）。その中に「作る楽しみ」「人の句を読む楽しみ」があった。

ここでは後者として『円心』を鑑賞し、私自身の創作句に対する教示の抽出を試みる。

円心の桜は四方へ八方へ

自然諷詠と人生諷詠を見事に融和させた秀逸な句である。「円心の桜」は円やかな色彩で清々しく、それが四方八方へと等しく伸びて、見る人に安らぎと感動を与えている。描かれた景は優しく、誰もが幸せを共有できる句である。

円心は含蓄のある語である。先ず「円」からは、長谷川かな女先生の「俳句はマルを描いて、それに少し立体感をつけて、自身はその影にそっといるように表現するとよい」との精神をしっかり受け継ぎ、実践されているということだ。「円」はかな女先生の「マル」なのだ。そして円心とは、水尾先生自身の目指す心である。円熟された人の、いかなる時でも動ずることなく自然体でいられる水尾先生の姿が、淡くともくっきりと浮かぶ。

私の目指す武道には、「残心」と「放心」という言葉がある。「残心」は、戦い終えても次に備える心であり、「放心」とは「残心」後の新たな事象に備える心である。いずれも、四方八方に等しく配慮するということである。「矛を止めた」武道の現代的意味は、如何に争いを避けるかであり、「残心」も「放心」も相手を正しく知る・理解する、相手を思いやる心、意思疎通の為の良好なコミュニケーションの具現化である。このような意味合いも円心には含まれる。居合の仲間にはこの句を引用し、残心・放心の意味を伝えたい。そして、円やかで艶やかな桜の花には水尾先生の尊敬して止まない、かな女・秋子両先生の面影を重ねているのではないかと考え、一人納得している。

落し水力を抜きてひびきけり

この句を『円心』に発見して、「あっ」と声を上げてしまった。そして、何度も読み返して思った。「私の詠じたかった〝落し水〟は、こういうことだ」と。ごく自然体の中に、淡くともくっきりとした心情が、力みなく素直に詠じられていたからだ。

野球の投手が投げる球は、スピードガンの示す速さは同じでも人によって球威は異なる。力んで投げた球は重みも伸びもなく、球威が感じられない。一方、力まずに素直に体重を乗せた球には伸びがあり、重く球威がある。力を入れることは誰にでも容易にできるが、力を抜くことは思いの外難しく、訓練が必要だ。

武道でも究極の姿勢は自然体である。どこにも力みのない自然体をとることは難しく、ただ直立するだけなのに、多くの人は自然体になれない。無意識のうちに肩に力が入ってしまうからだ。呼吸法も意識した稽古が必要になる。人間性の錬度と一緒だ。ちょっとの差に見えることも、錬度によって決定的な差となる。

私の句〈役割を果たして晴れて落し水〉も力まずに詠んだつもりではあるが、「力まずに」を意識した時点で力みとなっており未熟である。水尾先生の句は「ひびきけり」と見事に「落し水」がひびき、そしてけりがついている。この句からは、「如何に自然体になれるか研究せよ」との強い教えを頂いた。

ひぐらしのしづけさを今いのちとす

この句は人生の「来し方行く末」を慈しむ句である。

ひぐらしは、その鳴き声からカナカナ、カナカナ蟬などとも呼ばれ、朝夕に甲高い声で鳴く。その美しい声から朝には涼感を覚え、夕には物悲しさを感じさせられる。「しづけさ」には、少なくても二つの意味がある。一つはひぐらしが鳴いている全体の景のしずけさであり、もう一つはひぐらしの鳴き声の「間」のしずけさである。話法や書でも「間」の果たす役割は大きい。人生における「間」とは何であろうか？　考えると、時々刻々と流れる時に思い至る。未来は今（現在）に顔を出した瞬間に過去となり、手の届かない存在となる。確実なのは今しかない。命を大事にすることは、今を大事にすることでもある。

この世に生かされている幸せと感謝の心は、ひぐらしの鳴くしずかな景そのものである。

　　採りたきは昔の色のからすうり

　烏瓜はつる性の多年草で、朱色の果実をつける。公園などで夕日に照らし出された赤い烏瓜は、何とも親しみ深い光景となる。烏瓜の特徴はその「赤」色であり、作者はそこに拘っている。「昔はもっと鮮やかであった」等と。そういえば、「昔の卵の黄身はもっと濃かったな」などと様々な変化を連想する。円熟という艶と引き換えに、若い頃の輝きを失ったのではないかとの思いを被せているのかも知れない。

　　音立てて流れて利根を凍てさせず

　流水は凍りにくく、流れ続ける限り利根川を凍らせることはない。ここでの利根川は、水尾先生を生み育んでくれた故郷・源流であり、長谷川かな女・秋子両先生から継承した俳句を意味する。
　凍らせないように懸命に尽力するのは水尾先生自身である。凍らせないのは、師匠から受け継いだ俳句であり利根川の文学である。それを守り・育て・発展させて次代に継承しなくてはならない。そのためには、積極的に攻めなければならない。常に新しいものに挑戦しなければならないとの強い意志を感じる。「今しかない」「ここしかない」「我しかない」との観照一気の諷詠が実に巧みである。

阿は浮きて吽は潜りてかいつぶり

かいつぶりの観照から「阿吽の呼吸」を引き出した水尾先生の感性に敬服である。

阿吽とは、一般的には万物の初めと終わりの象徴であるが、ここでは呼気と吸気を意味する。阿は呼気（陽の気）であり、吽は吸気（陰の気）である。人が力を発揮できるのは陽の気（呼気）、即ち息を吐くときである。声を出す、気合を入れるのも呼気の時であり、決して吸気のときではない。先ず、生き物にとって呼吸が大事だということを気付かせてくれる。空気（酸素）がなければ生きられないのに、我々はあまりにも呼吸に対して無意識過ぎないかという反省である。

座禅では呼吸法（腹式呼吸）を強く意識する。特に吐く息に注力する。これをバランスよく行うことが、個人にとっての阿吽の呼吸だ。そして、二人、三人と阿吽の呼吸が揃えば世の中はきっと素晴らしいものとなる。阿吽の呼吸とは「共に一つの事をする時などの相互の微妙な調子や気持。特に、それが一致することにいう」（広辞苑）とある。かいつぶりから楽しい世の中の営みが想像される秀句である。

しろたへのしじまかさねてゆきつもる

何と美しい描写かと感動した。「しじまかさねて」を見たときに「やられた！」と思った。もちろん、私にこの表現ができる訳がないが、いずれ自分もそうしたいと思っていたのである。「雪がしんしんと降る」というが、「しじまかさねてゆきつもる」とは新しい表現で、言い得て妙である。また、全てひらがなで書いたことにより、「俳句は十七音の有季定型の文芸である」ことを実証した。ひらがなにしたことにより、雪の結晶一つひとつが花びらのように描かれ、周囲の雑音を吸収し、優美な静寂を作り出している。工学研究者の習性が残る私ならきっと、「白妙の静寂重ねて雪積もる」としたに違いない。余情に雲泥の差が出てしまう。表意文字と表音文字とを巧みに使って詩情を表現せよと、教えて頂いた気がする。

いづれにも光点ひとつさくらんぼ

この句から真っ先に浮かんだのは、本場山形の「佐藤錦」だ。酸味と甘みのバランスが素晴らしいのはもちろんだが、「初夏の宝石箱」と言われるように見た目にも美しい。見るからに健康そうに丸く膨れた実は、色も鮮やかで艶やかだ。その様子が「光点ひとつ」に集約されている。「いづれにも」は、粒揃いであることから集団の美まで連想させる。「光点」だけが漢字なのも視覚的効果を発揮している。

祭足袋とび出しさうに並びをり

祭足袋に着目した点が素晴らしい。「とび出しさう」も祭足袋と相まって巧みに臨場感を創出している。

武道の世界では、「気剣体の一致」が重要視されている。気力を充実し、体捌き、剣捌きが正しく行われればよい効果を演出できるということだ。別の言い方では「足至り、体至り、刀至る」がある。先ず正しい足捌きをし、その上に正しい体捌きで体を乗せ、その上で正しい剣捌きをすれば良い効果が得られるということである。

ものごとの始まりは足に現れるということである。このような背景のもとに、祭りの臨場感・躍動感を豊かに諷詠した秀句である。

数へ日の一日を旅に充てにけり

「数へ日」が冬（十二月）の季語である。年も押し詰まり今年もあと数日という、歳末の忙しない感覚をいう。具体的には、片手で数えられる五日以内とすれば十二月二十六日以降と考えられる。一般的には大掃除や支払いの清算、お節料理や正月支度等々、新年を迎える準備に忙しい。この時期にこそ敢えて、一日を旅に当て自分自身の為に使おうとするものだ。これは、世の中の喧騒、多忙、等といったあらゆる柵から我を見失うことを恐れての企てでもある。

俳句入門講座の初めの頃に、水尾先生は「俳句が上手くなるのには、『俳句バカ』になるのも必要かも知れない。いや、バカでは足りない。『俳句狂』になることも必要かも知れない……」旨おっしゃった。このとき、「覚悟が必要なんだ」と思った。その中には「フットワークの軽さが必要」ということも理解できた。この句からは、水尾先生の「自由人でありたい」との信念を貫く強い決意を感じ、少しでも見習いたいと思った。

三、感銘句

『円心』一巻を鑑賞させて頂くと、感銘句が枚挙にいとまなく続く。水尾先生に俳句を教えて頂いて三年の弟子としては、勉強のつもりで拙い鑑賞をさせて頂いた。長くなるので、他の感銘句についてはその一部のみ挙げさせて頂く。

門を出てしばらくつづく春の泥
しやぼん玉音を濡らして消えにけり
鳥の巣の力強さの細やかさ
万緑や大地に根づく力石
青葉木菟二つごころを声に出す
ふるさとや手打うどんと鯉のぼり
とめどなく水の花びら湧くいづみ
青嶺あり水琴窟の遠音あり

銀漢やホームの長き無人駅
なほ奥へ道を通じて余花はあり
くちびるを寄せて息触れ帰り花
花日和かな女観音日和とも
ふらここの遠心力に身を任す
その沢の奥に谷あり余花はあり
近づきて蓮に見らるるほどに見る
てのひらに小春をそつと置いてみる
白障子最後の砦かも知れず
日本の敗戦日国民の終戦日
大根煮て祝ふ夫婦の五十年
北壁に登るがごとし日記買ふ

付録四

「塔の会」の活動について

一、「塔の会」の創立

さいたま文学館主催の俳句入門講座（全五回：平成二十四年五月十八日～六月十五日、講師：落合水尾先生）終了後、水尾先生が講師を快諾して下さったので、受講者の有志が集まり、同好会としての句会（※）を立ち上げ、引き続き俳句の勉強を続けることにした。

このため、句会名、会員名簿、例会日、会場、会費、役員、句会の運営方法等について話し合い、次項を決定した。

（1）句会名：「塔の会」（東京スカイツリーの創業と時期を同じくするため）
（2）講師：落合水尾先生
（3）例会日：第三金曜日午後一時～四時半
（4）代表幹事：小林輝美氏

（5）初回例会：平成二十四年七月二十日。兼題（日傘・向日葵・噴水・涼し・塔）

右記条件での参加者は当初二十三名（講師を除く）であったが、健康上の理由や仕事関係の理由（曜日・時間帯等）で出席できなくなった人もあり、現在の会員数十六人で定着した。

※「塔の会」は、水尾先生にとっては二十七番目の句会である。「塔の会」発足時、水尾先生は自らを「老身気鋭」と、新進気鋭を捩った挨拶で私たちを応援して下さった。

二、例会の運営

句会について、水尾先生は「『いかに句会を楽しむか』ということを考えると『軽く楽しく一心に』ということも挙げられるでしょう。また、句会の座はみんな平等で、よりよい句を求めて創造的に楽しむのがよいでしょう」と導かれた。水尾先生のご指導のもと、例会は概ね以下のように進められている。

（1）投句：参加者は兼題に対し予め二句を準備し、定められた投句用紙（一枚一句）に記入し、締切時間前に投句箱に投句する。欠席者は、代表幹事に予め届ける。

（2）清記：投句箱の投句用紙は参加者に分配されて清記される。参加者は配られた投句用紙の句を清記用紙（二枚）に清書する（一枚は講師用、一枚は回覧用）。尚、清記用紙の右肩に通し番号を付与し、識別すると共に、清書者の氏名を記入する。

（3）選句：清記用紙を番号順に回し、参加者は雑記ノートに予選句を記入し、その中から良いと思う五句を選び（内特選二句に〇印を付ける）、選句用紙に記入する（句には清記用紙番号も記入する）。選句用紙には〇〇選と自分の名前を明記する。係りが選句用紙を回収する。

（4）代表幹事挨拶：選句が終了した時点で代表幹事が挨拶し、句会の開会を宣言する。

（5）講師挨拶：水尾先生よりご挨拶や講話を頂く。その後句会に入る。

（6）感想：各自の選んだ特選句（二句）について感想を述べる。合わせて、講師の用意された俳句の中から二～三句を選び感想を述べる。

(7) 披講：各自の選句を代表幹事より披露する。句が披露された直後に、透かさず作者は「○○」と自分が作者であることを名乗る（感謝を込めて明るく）。最後に講師選を発表する。
(8) 点盛り：点盛り係りは、入選一点、特選一・五点、講師選二点の重み付けで選句結果を得点化し、得点の多い順に順位を決める。
(9) 講評：講師による講評があり、より良い句にするための添削が行われる。
(10) 席題：時間に余裕があるときは席題について創句・発表する。
(11) 質疑：最後に、会員による講評や疑問点などの確認や質疑応答が行われる。

三、会員の俳句例

ここでは、私が独断と偏見で選んだ会員の代表的な句を一句だけ紹介する。

次々と句読点なき落ち葉かな　安部世衣子（平成二十七年十一月二十日）

ふらここや空近くなり遠くなり　石田昭子（平成二十七年三月二十日）

菜の花の中に道あり故郷あり　井上セツ子（平成二十七年三月二十日）

炎天下不動明王牙を剝く　日下尚子（平成二十七年七月十七日）

あたたかや古刹に続く女坂　熊澤恵子（平成二十六年三月二十一日）

囀りの中にさへづり山の宿　小林輝美（平成二十七年四月十七日）

炎天や小さな影を連れ歩く　斉藤まこも（平成二十六年七月十八日）

元日や昨日と同じ朝日さす　田口秀夫（平成二十八年一月十五日）

マフラーを垂らす長さの反抗期　中林幸子（平成二十六年十一月二十一日）

里山に誘ふ景や紅葉道　萩原昇風（平成二十六年十月十七日）

山門の雪解雫に祓はるる　橋田寛子（平成二十八年二月十九日）

利根川や水を溶かして霞とす　藤井光子（平成二十七年二月二十日）

源流はただ秋風の吹くところ　三浦　梢（平成二十六年十月十七日）

仄めきて七草粥の野のかをり　山添勝弘（平成二十七年一月六日）

草焼きて艶めく奈良の仏たち　山田徹生（平成二十八年二月十九日）

万緑を川面に映し舟下る　山本英子（平成二十七年六月十九日）

四、吟行等

歩行的思考として、全員での吟行も年に一度の割合で実施している（その他に有志での吟行も行われている）。

（1）第一回吟行句会

①吟行：長谷川かな女住居跡～調神社

②日時：平成二十五年五月十七日（金）十時～十七時

③句会：埼玉会館五階五D会議室（埼玉県さいたま市浦和区高砂三－一－四）

（2）第二回吟行句会

①吟行：熊谷市・星溪園（埼玉県熊谷市鎌倉町三二）

②日時：平成二十六年五月十六日（金）十時～十七時
③句会：熊谷ロイヤルホテルすずき（熊谷市）

（3）有志吟行句会
①吟行：利根川・赤岩渡船・聖天山（国宝）・猪俣千代子句碑
②日時：平成二十七年二月一日（日）十時～十六時
③句会：オープンガーデン加須二〇一五「俳句の小径と山野草展」への投稿

（4）第三回吟行句会
①吟行：行田市忍城址
②日時：平成二十七年五月十五日（金）十時三十分～十六時
③句会：行田市商工センター会議室

（5）オープンガーデン加須二〇一五「俳句の小径と山野草展」参加
①吟行：坂本坂水庵（加須市）
②日時：平成二十七年五月二十三日（土）＆二十四日（日）
③句会：「『利根川の風土とくらし』俳句展」への投稿

付録五

「塔の会」写真集

長谷川かな女句碑（調神社）
〈生涯の影ある秋の天地かな〉

第１回吟行（平成25年５月17日）

第２回吟行（平成26年５月16日）
熊谷ロイヤルホテルすずきにて句会

赤岩の渡し（群馬県側）

葛和田の渡し
（埼玉県側）

群馬県側から埼玉県側を望む

有志による利根川吟行
（平成27年2月1日）

猪俣千代子句碑（大我井神社）
〈武蔵野に明日は初日となる夕日〉

第３回吟行（平成27年５月15日）

オープンガーデン加須 2015
「俳句の小径と山野草展」

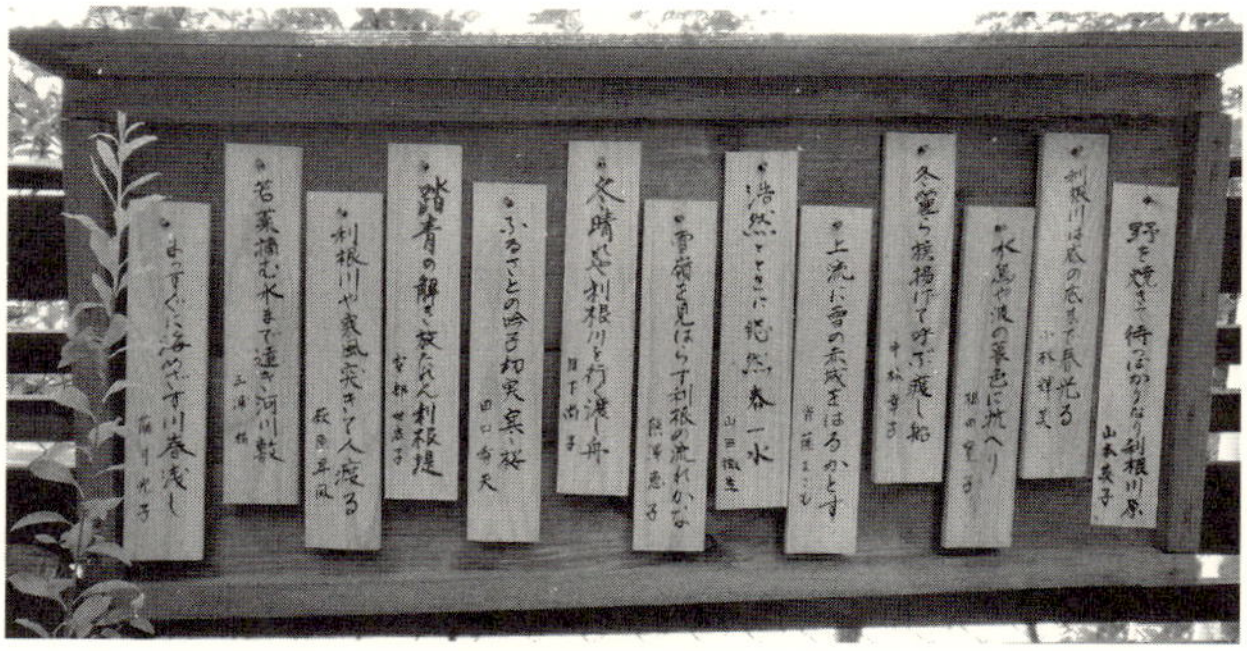

オープンガーデン加須2015・俳句展より会員の作品

野を焼きて待つばかりなり利根川原　山本英子

利根川は底の底まで春光る　小林輝美

水鳥や波の暮色に抗へり　橋田寛子

冬麗ら旗揚げて呼ぶ渡し船　中林幸子

上流に雪の赤城をはるかとす　斉藤まこも

浩然とときに悠然春一水　山田徹生

雪嶺を見はらす利根の流れかな　熊澤恵子

冬晴れや利根川を行く渡し船　日下尚子

ふるさとの吟子切実寒桜　田口秀夫

踏青の解き放たれん利根堤　安部世衣子

利根川や寒風突きて人渡る　萩原昇風

若菜摘む水まで遠き河川敷　三浦　梢

まつすぐに海めざす川春浅し　藤井光子

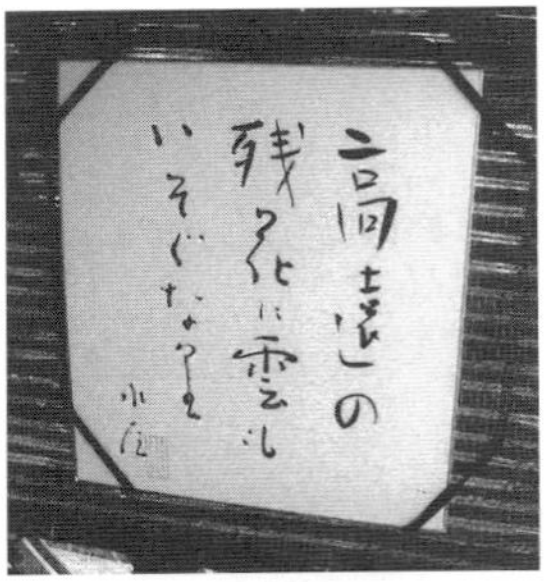

オープンガーデン加須2015・落合水尾先生の俳句

題簽・短冊制作者について

小林輝華（こばやし・てるか）　本名　輝美（てるみ）

埼玉県書道人連盟評議員、埼書女流会会員、埼玉県美術家協会会員
俳句「塔の会」代表幹事、熊谷市俳句連盟理事
平成二十二年　第五十二回県北美術展書の部埼玉新聞社賞受賞
平成二十八年　第五十八回県北美術展書の部埼玉県知事賞受賞　ほか

著者とは俳句「塔の会」でともに水尾先生に学ぶ同期生。代表幹事として「塔の会」の活動を盛り上げるべく尽力中。同期の縁とご好意で、本書の題簽「落し水」および短冊「役割を果たして晴れて落し水」を揮毫してくださった。

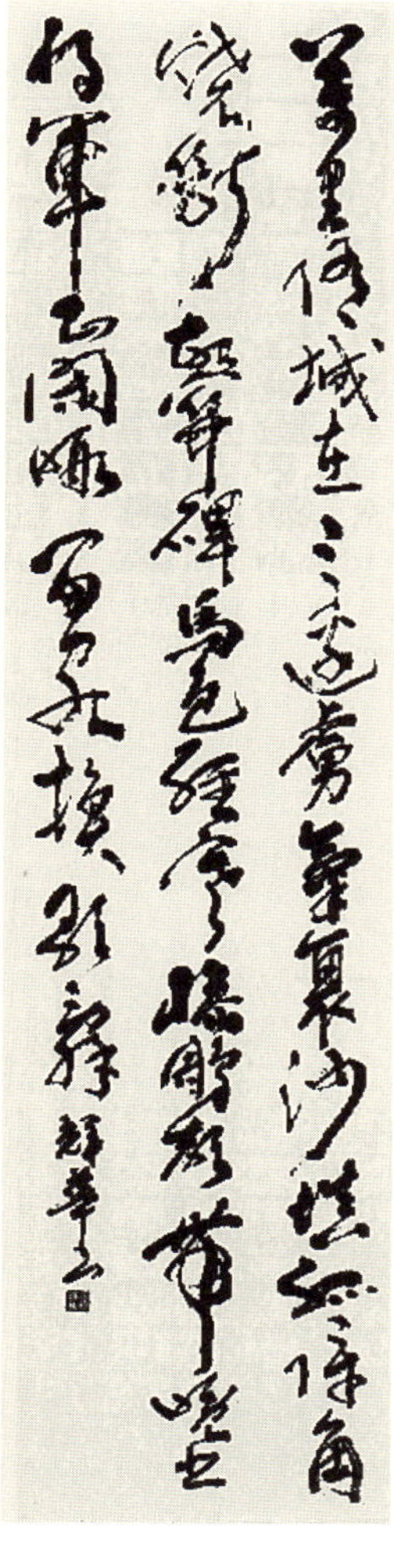

あとがき

古希となる感謝と覚悟初詣　　昇風

この句から始まった平成二十八（二〇一六）年。「浮野」への投稿に添えた手紙に「古希の記念に句集でも考えようかと思い始めている」旨書いたところ、一月十五日の「塔の会」で、水尾先生は「昇風さんが句集を考えているようです。良いことです」と紹介され、一気に背中を押された感じになった。水尾先生や多くの方の善意により、あれよあれよという間に出版の運びになった。感慨も一入である。

平成二十五（二〇一三）年四月二十五日、水尾先生に俳号の命名をお願いした。すると、ご多忙をおして七つも考えて下さった。どれも素敵で選ぶのに困るという幸せを味わった。結局、一族郎党の意見も反映させ「昇風」を選ばせて頂いた。「浮野」へは萩原昇風として五月に入会した。

同年五月十七日の第一回「塔の会」吟行。長谷川かな女先生の句碑の前で水尾先生は、

新緑の句碑より風の昇るなり　　水尾

と詠まれた。はじめは句に感動していたが、やがて「風と昇が入っていますね」と偶然の発見をお話しすると、水尾先生は「『浮野』への入会を歓迎して昇風さんを詠んだ句です」と答えられた。私は「冗談から出たまこと」に吃驚するやら感動するやら嬉しかったことを、今でも鮮明に覚えている。

浅学菲才な私が晩年になって落合水尾先生と俳句に出合い、それが縁で多くの知己を得、豊かな人生のあり方に気付かせて頂けたこと、更に、古希記念に句文集を上梓できる幸運に深く感謝している。

特に、出版が初めての私のために、構成から詳細な校正に至るまで、手取り足取りご指導下さった落合水尾先生に心から謝意を表したい。また、題簽や短冊を達筆でしたため、編集を応援して下さった「塔の会」代表幹事の小林輝美氏に心から感謝している。「俳句の小径と山野草展」の写真の掲載を快諾し、上梓を優しく応援して下さった坂本坂水・和加子夫妻両先生に心から感謝申し上げる。俳句や写真掲載を快諾して下さった「塔の会」の全ての会員に感謝している。不慣れな私を刊行に導いて下さった「文學の森」の林誠司編集長、緻密な編集にご尽力下さった齋藤春美編集者、素敵な装丁に仕上げて下さった巖谷純介氏に感謝申し上げる。そして、分不相応と躊躇する私に「記念だから！　お祝いだから！」と、優しく力強く後押ししてくれた最愛の妻・澄子に、謹んでこの本を贈り感謝の気持ちを伝えたい。

九頁の目次扉に掲載の写真は、私が中学一年生の時（昭和三十四年）の担任で、恩師の門倉新先生（平成二十一年一月四日逝去）から頂いた電気スタンドである。家庭訪問の時に、私が糸巻を重ねて作った手製の電気スタンドを見た先生は「良く工夫したな！」と褒めて下さり、翌日この電気スタンドを持って来られ、「これを使ってみろ！」と下さったのだ。これは、門倉先生の高校入学を祝って親戚の方々から贈られたものだった。私は嬉しくて、その夜は電気スタンドを抱いて寝たことを昨日のことのように覚えている。それ以降、中学・高校・大学・研究所と、常に〝学究の友〟として寄り添ってくれた我が家の家宝である。

一五三頁「『塔の会』写真集」の章扉に掲載の写真は、平成二十五年三月の完全退職時に、NTTエレクトロニクス㈱の職場の皆様から贈呈されたステンドグラス傘電気スタンドである。こちらは〝創作の友〟として、俳句などの創作活動に励みを与え続けている。この句文集『落し水』もこのスタンドの明かりの下で執筆した。

この出版によって、私自身は数々の思い出を楽しむことができた。そして、多くの人に支えられて古希を迎えられる望外の幸いを感じている。皆様の善意のお蔭で、『落し水』も何とか皆様の「知の泉」への緒に辿りつけたようで、感謝の念で一杯である。今後は、この知の泉を汲んで創作すべく尽力を続けたい。我が子『落し水』が、有志の他山の石となれることを本望と願う。

平成二十八年六月

萩原昇風

著者略歴

萩原昇風（はぎわら・しょうふう）
本名　昇（のぼる）

昭和二十一年八月十三日、埼玉県妻沼町（現・熊谷市妻沼）出身。父・元三郎と母・ゲンの長男として生まれる。昭和五十年三月三十日、澄子（旧姓・平賀）と結婚し一男二女の父。

◇

高校卒業後、東京三洋電機㈱冷暖房事業部技術四課に就職し、自動販売機の設計に従事。技術に目覚め、独学で山梨大学工学部電子工学科に入学。大学卒業後、日本電信電話公社（現・ＮＴＴ）武蔵野電気通信研究所に入社、研究者としてＬＳＩや高精細ディスプレイの研究等に従事。後半は技術広報に従事。定年退職、五年間の嘱託を経て完全リタイヤ後は「科学・技術の素晴らしさ、科学することの楽しさを啓発するために尽くす」ことをライフワークとする一環として、

ＮＴＴ技術史料館でガイドのボランティアを始め今日に至る（学芸員）。

座右の銘は二十歳の頃から「鬼手仏心」。

主な趣味は武道で、日本文化としての古武道と武士道精神を正しく後世に継承するため、各種団体で尽力中。全日本居合道連盟範士八段、無雙直伝英信流居合道範士八段、全日本弓道連盟参段、全日本剣道連盟弐段、スポーツ吹矢協会参段。

◇

平成二十四年、さいたま文学館主催の俳句入門講座受講を機に落合水尾先生に出会い師事。「昇風」の俳号を推薦していただき、俳句の創作を志して今日に至る。研究論文的記述から脱却し、叙情豊かな表現を目指し勉強を始める。

現住所　〒三五九－一一四二　埼玉県所沢市上新井三－三〇－二〇

句文集　落《おと》し水《みず》

発　行　平成二十八年八月十三日
著　者　萩原昇風
発行者　大山基利
発行所　株式会社　文學の森
〒一六九-〇〇七五
東京都新宿区高田馬場二-一-二　田島ビル八階
tel 03-5292-9188　fax 03-5292-9199
e-mail　mori@bungak.com
ホームページ　http://www.bungak.com
印刷・製本　竹田　登

ISBN978-4-86438-553-4　C0092